———— 阅 读 改 变 未 来 ————

孤独是常态，
那些热闹的时光只是生命中的偶然。

有时候很孤独，
但却很幸福。

所 有 的 温 柔 相 待 ，

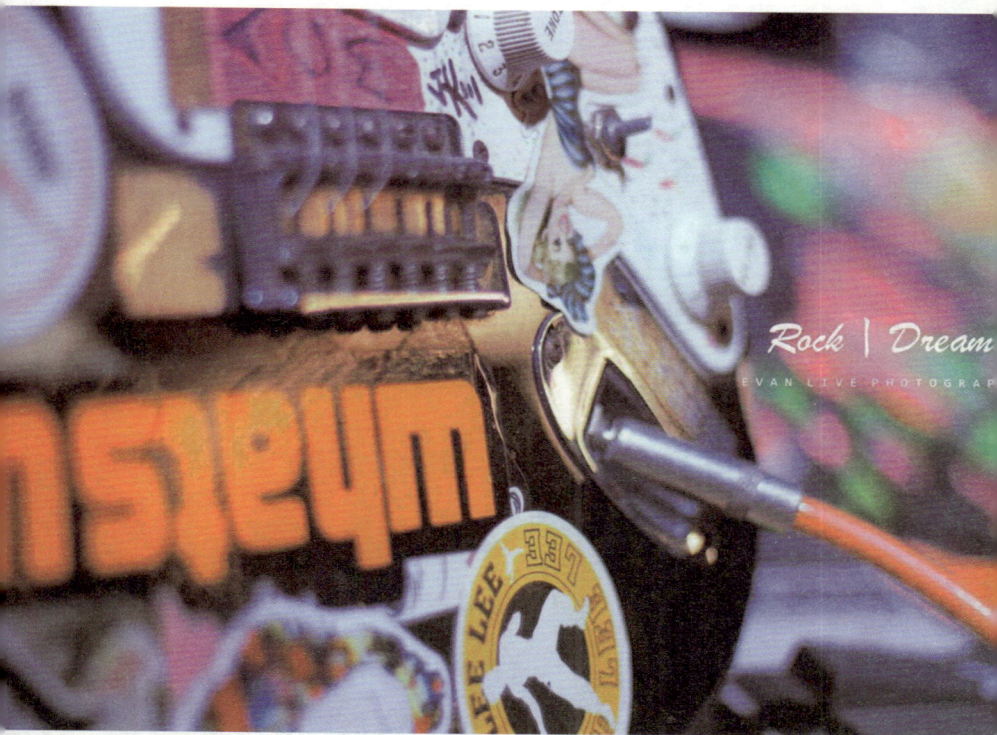

Rock | Dream

EVAN LIVE PHOTOGRAP

都 不 是 理 所 当 然 。

爱你是孤单的心事，是内心深处最卑微的秘密，
只是会在一个不经意的瞬间，放任它疯狂生长，
然后又迅速掩藏，妥善安放。

IMWENT

春花、秋月、夏日、冬雪，岁月极美，
但必然流逝，
而你的孤独却只属于你。

生活从来都不会一蹴而就，也没有永远的安稳，
艰难坎坷总会接踵而来，
在过去、现在，以及未来，
但是请保持努力，请保持坦然。

因为，
那些艰难的日子，
终将会离你而去。

成长是见识了生活的残酷，
受了艰难和挫折，
自信心和自尊心被蹂躏得一塌糊涂后，
猛然为自己的懒惰、无知感到羞愧和愤怒。

我 给 你 说 了 一 个 故 事 ，

你 感 动 得 热 泪 盈 眶 。

我们正年轻，孤独且彷徨

孤独且彷徨

WE ARE YOUNG, LONELY AND HELPLESS

丫头的徐先生 /著

青岛出版社
QINGDAO PUBLISHING HOUSE

2007年冬天我高三，那也是南方遭遇凝冻灾害非常严重的一个冬天。

快到过年的时候，西安大雪纷飞。我跟一位女同学从济南坐了将近一天一夜的火车去西安考中国传媒大学的播音专业，那几天我们挤在西北大学附近一个破落且没有暖气的小宾馆，被冻得瑟瑟发抖，只买了一些馒头和海白菜度日。考试结束就要过年，却买不到返程的坐票，我和同学站了一晚上，靠在厕所门上都能睡着。高中生嘛，那时候生活总是拮据的，在火车上连一碗泡面都舍不得买，钱包却在出站挤公交车的时候被小偷摸了去，那一瞬间，漫天飘雪，求助无门，简直感受到了人世间最残忍的恶。后来虽然我和同学双双落榜，但每当想到那些为梦想打拼的日子，就觉得曾经的自己光芒万丈。

后来看榜的时候，我对一个叫胡悦鑫的人印象特别深刻，因为他和我的名字只有一字之差。2012年大学毕业，我面临工作的抉择，而那个在西安顺利圆梦的小伙子成了网络上的红人之一，他们是"央视七小福"。你要问我对现在的生活遗憾不遗憾，我敢肯定的是，我遗憾于2007年冬天自己的失败。但是，我从未像2007年冬天那样祝福过一个人，祝福那个和我名字只有一字之差的人，因为知道了自己的不易，才会更加懂得别人的成功。

同一年冬天，徐先生也艺考，因为凝冻，贵州的盘山公路无法行车，他说很多考生是从县城学校步行到省城贵阳的，其实并不难想象那样的画面。后来，我们有幸成为同学，朋友。那你说，那些同样翻山越岭走路去接近梦想而败北的人，遗憾不遗憾？

徐先生是一名吉他爱好者，但是唱歌并不好听，他和我比的优势就是能更清楚自己什么时候跑调了，我却永远分不清自己在没在调上。读书的时候他说教我弹吉他，大学四年哪怕两天练习一次，毕业以后至少也能够得心应手了。我因为实在太懒而没有接受这个建议，只是在他练琴到凌晨的时候觉得有些惊诧，只是看到他们在舞台上闪闪发光的时候有些羡慕。你要问我现在后悔没学不，问我现在遗憾不，我也说不上来。

大学毕业后，徐先生没有做媒体，也没有玩儿音乐，他成了一名人民警察，是一名热爱文艺的警察。我回山东做媒体，不再抽十块钱一包的贵烟，但是我十分想念大学时代的牛肉粉和糯米饭，我曾多次从山东坐火车看着窗外从平原变成丘陵变成大山到达贵阳，为了见见我青春里的朋友。徐先生也曾坐火车从南往北走，穿过山穿过水穿过广袤的平原，来见见那些年轻时候结下的友谊。我曾经那么想留在读书的城市，可种种原因未能如愿，现在的生活不好也不坏，和大多数人的状态差不多。可你不能问我遗憾不遗憾我的生活，因为我没法回答。

徐先生给我打电话，说他写了一本书，即将出版，看看我能不能写个序。那一刻，我万分敬佩他，这么热衷写字的同龄青年真的太少，而这样的人我身边居然有一个，感觉非常开心。可我是一个不擅长文字的人，于是一拖再拖，到了今天才潦草落笔。

不知道徐先生有没有遗憾，我没有问过，也不会去问，因为他不论有还是没有，那个答案对我都不重要。正如，我对我生活遗憾与否，对于别人，也并不重要。大家都是这样，所以，请勿轻言遗憾。

你怎么知道那些所谓的遗憾里没有用更精彩的故事来填充？

感谢时光，至少给了我致敬友谊的机会。

文 / @897胡杨

目录

第一章

我们都曾卑微与苟且

第三章

姑娘，我想
和你谈谈爱情

We

are

young

,

lonely

and

helpless

我们都曾
卑微与苟且

第一章

我们都曾
卑微 与 苟且

/

夏天。

房租交不起了，我们的办公室从市中心的写字楼搬到了郊区的居民楼，所有员工不约而同地辞职。

老总老周对我和杨树说，兄弟们，你们有自己的选择，你们要走，我不留。但我相信，苦尽甘来，我相信我们一起奋斗肯定会好起来。老周泪眼婆娑，他取下眼镜，用手擦拭泪花。

我和杨树的心就软了。

我们搬到了郊区，打扫房间，腾出办公室，给快枯死的植物浇水。三人一起做方案，跑业务。

一个公司就剩下三个人。我和杨树负责所有的创意和文案，老周负责找房地产开发商的关系，约定好时间，然后大家厚着脸皮去碰面。

这次，我们在办公室外面等了两个小时，要见的人是某知名房地产公司营销总监。

2

我们和总监并不熟，人托人的关系才争取到这次见面的机会。

总监戴眼镜，四十左右的年纪。我们轻轻敲了敲办公室的门，他看了看我们，低头忙着自己的事，没一句"请进"，但我们还是硬着头皮推门进去。

事实上，一个不成功的策划公司，谈业务就是这样。我们卑微到了尘埃里，早已习惯了对方的爽约、漫长的等待和不屑的冷眼。

"领导你好！我们来向你汇报个工作。"老周赔着笑脸，唯唯诺诺。

我们坐在沙发上，总监接过老周递上去的方案，漫不经心地翻了翻，头也不抬地问我们是哪家公司，是谁叫我们来的。

"你们的价值是什么？"总监问。

"报告领导，我们会邀请很多人来参与这个活动……提升人气……打造品牌的知名度……"老周结结巴巴得像条狗。

"呵呵。"总监一脸的傲慢。

老周开着一款低端轿车，几天未换的T恤散发着不雅的气味，抽烟的时候不小心把裤子烫了几个洞，黑皮鞋、白袜子的搭配。

自从他老婆和他闹离婚，回老家后，他就开始不修边幅，我们多次提醒他，但他无心收拾。

"周总，让杨总来总结一下吧。"我打断老周的话。

"我们的价值就是文化。再知名的企业都需要文化的包装。这次活动分为祭月、诵月、舞月、礼月四个篇章……多维度多角度地诠释中秋文化，极具观赏价值和文化价值，更重要的是商业价值。"杨树掷地有声地回答。

杨树一张嘴就是满口的文化，总监再次低头翻阅我们的方案。

"我在大学任教的时候，和很多学者一起探讨过这个话题，他们对我提出的观点深信不疑！"杨树继续补充。

方案是昨天晚上我和杨树赶出来的。我着实佩服杨树吹牛的能力，忍俊不禁却又提醒自己要有严肃傲娇的态度。

老周从总监咄咄逼人的氛围中解脱出来，连声说是。

3

50岁的老周要养家糊口，我和杨树年轻，可以折腾。之前，老周眼高手低，一直想做大生意，但摸爬滚打这么多年，却欠了一屁股债。

我和杨树劝他从实际出发，让他放弃电影节、选美大赛、环球之旅等大活动。我们说，还不如给房地产开发商做点活动来得实际，老周这才同意了我们的意见。

我们时常在一家酒店大厅碰面，因为有免费的空调和座位。

"老不点东西，服务员都给脸色了。"我说。

"好。点茶喝。"老周说。

"来一壶毛尖！"杨树说。

老周偷偷看了一眼价格。

"周总，什么时候发工资？"我问，事实上我们快两个月没领工资了。

"嗯，兄弟们再坚持一两天，我会想办法的。"老周说。

几天后见面时，老周带着一个风骚的女人出现，关系暧昧。女人说，周总给她买了衣服和鞋，问我们好不好看。透过后视镜，我们看到老周的脸色很难看，他故意岔开话题。我说，周总很阔气嘛，他不光对女人好，对兄弟更好！

女人下车后，车里有些尴尬。

"兄弟们，你们听我说嘛，这个钱我是还她的。"老周开口解释。

"老周，你是不是把兄弟们当傻×？"我问。

"不是不是，你听我给你们说嘛……"

"兄弟们都饿饭了，你他妈还有钱搞女人！"杨树吼道。

我们推开车门离开。

第二天，老周给我们打电话，说，兄弟们误解他了，他有很多的苦衷我们都不知道。现在每人先拿一千块用着。我和杨树觉得先把钱拿着。

老周还是将我们"俘虏"了，尽管我们都觉得他不靠谱，但看在钱的分儿上，看在能侥幸翻身的分儿上。

我们觉得，等等，机会总会到来。

4

这一单业务总算谈成！

这个漫长的夏天总算没有辜负。

一百二十万的合同签订！我们仰天长啸。老周像个疯子，举起双手大喊，苦尽甘来，苦尽甘来！算了一下，除去成本可净挣六十万。我们都沉浸在久旱逢甘露的喜悦中，是的，我们都苦得太久了。

然而，过了几天，接到老周电话，他的声音极其平静。他说，你要做好一个准备。我说，你说吧。他说，房地产开发商的活动受到政府的干预，取消了。

事实如此，煮熟的鸭子飞了。

我们坐在老周的车上，想起N次熬夜做方案，N次谈业务吃闭门羹，N次在酒店大厅蹭空调，N次争吵辱骂，一次次抱着希望又一次次失望的场景……大家都沉默无语，心生悲哀。

这个夏天已走到尽头，而我和杨树也彻底决定离开。

从此，我们与老周再未谋面。

5

一年后的夏天，我们接到老周的电话。

他开着一辆奔驰，说，出来喝茶。

我说，酒店大厅老子不去。老周搂着我的肩，哈哈大笑。

我们去了一家不错的会所，老周说，随便点东西喝，杨树点了一壶最贵的毛尖。

老周说，苦尽甘来。现在又有了新的公司，北京的一个老板投资的，做生态农业，他现在担任副总并主持工作。

"大奔谁的？"我问。

"自己买的啊！才百来万！"老周故作低调地说。

"你看，还有这枚戒指，钻石的。"老周取下来给我们看。

老周说，新公司刚组建，希望兄弟们能过来。

我说，我来不了。

老周说，警察能挣多少啊？你是做事的人，我相信你！

杨树说，别说了，你现在倒是发了，兄弟们饭都吃不起了。

我什么时候忘记过兄弟？老周说着，从手提包里掏出一万块，说，每人五千，哥欠你们的。

杨树去了他的新公司。

而我与他们的生活像两条不平行的直线，交叉后就越来越远。

半年后，再次接到老周的电话，问我有没有杨树的联系方式。我说，他换号码了，我也不知道。

我问，他不是和你在一起吗？

老周只是不断地叹气，说杨树不该这样。

6

又是一年夏天。

我正在办公室里做服刑人员考核的材料。新来的服刑人员报到，同事在门口询问他的基本情况。

"姓名？"

"周××。"

我为之一怔，一个熟悉的名字和声音。我停下手中的事，出门看到了老周。

他穿着囚服，剃了光头，看到我，愣了半天。

"徐……徐队你好！"他的嘴唇嚅动着，眼神诡异又放着光。

"嗯。"我转身进门，百感交集。

"犯的什么？"同事继续问。

"诈骗。"老周的声音很小很苍白。

……

给他安排了监室，给管事的老犯人打招呼说不准欺负他。

老周在犯群里没吃半点"苦"。

老周走到这一步也在情理之中，但我们再次见面却是意料之外。我们的生活曾紧密相连，在那个沉闷焦灼的夏天，我们怀着野心，在一次次的失望与希望中狼狈不堪。

只是，那样的生活如此不真实，于是我们都试着改变，或是寻求安稳，或是铤而走险。老周说，杨树借他十万块钱后就消失得杳无音讯，他离了婚，而等着他的是漫长的刑期。

老周穿着短袖坐在走道上和其他犯人吹牛，说起曾经风光的时候。

"小点声！"我从办公室推门出来，隔着铁门喊道。

"是，徐队！"

走道上瞬间安静。

我想，我要写一个关于夏天、关于我们的故事，我们都曾卑微与苟且。

余生太长，
你 太 难忘

四哥刑满释放那天，我去接他。

车在蜿蜒的国道上行驶，窗外是繁花似锦的春天，四哥带着久违的喜悦，又一脸的迷惘。

"你带我去买一部最新款的诺基亚。"四哥对我说。

"哈哈，诺基亚都停产了，现在是苹果的时代了，哥。"我说。

......

2008年，四哥因为涉黑，被判七年。

他告诉我，在监狱的这几年，他多次自杀，用牙刷磨锋利，刺自己的喉咙，撞墙，割腕，都没死成。

"为什么？"我问。

"不为什么，一无所有，生不如死。"四哥深吸一口烟，淡淡地说。

"这不熬过来了嘛，哥。七年后，你又是一条好汉！"我说。

几个小时后，车到达了县城，这是生我们养我们的地方。四哥关闭了车窗，我将车开得很慢，告诉他这几年来，这个城市发生的一切。四哥看着窗外，沉默不语。

这里，是他的青春和江湖。

1999年的时候，县城里没有网吧，四哥是十九岁的少年，他初中辍学后，终日在游戏厅和台球室厮混，游手好闲，寻衅滋事，是个小有名气的混混。

不过，四哥真正成名是因为他砍了三爷，三爷是个老江湖，心狠手辣，名气也大。

据后来四哥说，他早晚都要对三爷动手，要不然他永远混不出头。于是，那晚，在一家歌舞厅门口，三爷和他的手下喝醉后，被四哥砍倒在地，横七竖八。

第二天，三爷被四哥砍的事，传遍了整个县城。有人说，拳怕少壮，三爷栽了；有人说，姜是老的辣，四哥这次死定了。

三爷没有报警，按江湖规矩，他自然要报仇。而四哥也没有出去避避风头，他别着一把短刀，依然我行我素。

终于有一次，他被从面包车上下来的七八个提着砍刀的人包抄，一场血战开始，尽管四哥早知道有这一天。四哥拿起台球杆拼打，拿起台球凶狠地砸，所有的人避之不及，我在二十米开外的地方清楚地看到了他玩儿命的模样。

他手上的刀子，速度很快地在别人的身上进出，自己也被砍了几刀。他倒在血泊中，用手护住了头，几个人在他身上动着刀。血在地上像一朵花一样盛开，他凶多吉少，在劫难逃。

警笛声响起，那几个人狼狈逃窜，四哥倒在地上，脸色苍白，一动不动。

他被送进医院，身负十三刀，在床上躺了一个月，去鬼门关走了一趟又活了过来。

2

2000年，那时候的我十三岁，正是青春叛逆之时，四哥不认识我，但他的名字对于我却是如雷贯耳。

我对四哥始终有着一种崇拜和好感，那时候《古惑仔》正火，二十岁的四哥高大魁梧，长发飘飘，神似陈浩南。多少次我曾想，有这样的一个大哥罩着我，那该多好，只是四哥很挑剔，不随便收兄弟。在我们学校，他也只有五六个兄弟。

这五六个人在学校也是名声赫赫，打架很团结，下手也凶狠。

我对四哥的好感还因为有一次四哥带着兄弟在学校附近的巷子里收保护费，我被一个兄弟拉了过去，那个兄弟开始搜我的身。四哥蹲在地上抽烟，不说话。

"四哥，你好，我认识你。"我说。

"你认识我？"四哥说。

"认识。"我很肯定地说。

他不知道，我曾隔着二十米的距离看着他被砍倒在地；他也不知道，我担心他吃亏，一开始我就报了警。

四哥丢掉烟头，走到我面前，打量着战战兢兢的我。

"我不认识你。"四哥的手搭在我肩上，我的心在颤抖。

"哈哈！你还想攀关系！"在一旁的兄弟笑我。

"回家吧。"四哥突然对我说。

"以后不要动他。"四哥对他的兄弟说。

我悻悻地走了。

第二天，我找到四哥的一个兄弟小杰，请他带我去见四哥。

我把从家里偷出来的烟塞给他一包，他说，好吧。

放学的时候，我跟着小杰穿过几条马路，走进一个很深的巷子，来到一个简陋破旧的民房前。

"四哥。"小杰在外面喊了一声。

里面的吉他声突然停止，门拉开，是四哥。

进门，是一个单间，屋里杂乱无章，地上是酒瓶和烟头，墙上是古惑仔和Beyond乐队的海报，简单的生活用具。四哥坐在床上，怀抱一把吉他。

我把从家里偷出来的几包烟一一奉上，说明了我来此的缘由，四哥点燃一支烟，示意我坐下。

他斜着眼打量我，问我怎么认识他的。

我把上次四哥在台球室被砍的事说了出来，我告诉四哥，我在一旁不敢帮忙，就打了110和120。

"妈的，胆子太小，但救了老子一条命。"四哥哈哈笑起来。

屋子里传来四哥的吉他弹唱：

我们曾经一样的流浪

一样幻想美好时光

一样的感到流水年长

我们虽不在同一个地方

没有相同的主张

可是你知道我的迷惘

　　我永远记得第一次听四哥唱歌，声音沧桑，感情真挚，那是Beyond的《你知道我的迷惘》，我听得入神，热血澎湃，像是看到了希望和远方。

　　从此，我成了四哥的兄弟。

3

　　四哥一战成名，他依然我行我素地走在大街上，三爷的事就这样各不相欠地了结了。只是，四哥二十岁，给他面子的人越来越多，叫他"哥"的人也越来越多，他得到了三个游戏厅、两家台球室、一家歌舞厅"看管"的权力，除此，还有一些小商铺每月的管理费。

　　这一切，都是他提着刀打打杀杀地争取的。

　　我与其他的兄弟不同，四哥在每一次打架的时候从来不叫上我，我负责搜集对方情报，和四哥弹吉他，买烟买酒，替兄弟们张罗。

有的兄弟看不上我，总觉得我这种不敢提刀砍人的家伙不配与他们做兄弟。四哥说，每个人都有自己的长处，老徐成绩很好，做事也踏实，你们都是兄弟，谁都不准看低谁。

我所理解的江湖是血雨腥风，是提着刀混战的心惊肉跳，是兄弟们的义气和肝胆。说实话，我没有这种勇气，很多时候，我只从一个旁观者的角度来欣赏这一切，我心中有江湖，但更有远方。

四哥告诉我，他最想看一次黄家驹的演唱会，只是家驹离世快十年，再没有这个机会。

四哥的眼神里也有远方，但更多时候是迷惘，在江湖上混几乎没有安宁，打打杀杀是常事。

四哥的身上全是刀疤，我问过他，提刀血拼的时候怕不怕？四哥说，怕，只是没有办法。你一软弱，以后就混不下去；你死撑过来，别人就会服你。

上了高中后，家里管得严，我与四哥以及兄弟们的关系渐渐疏远。而唯一的联系，是与四哥一起弹琴，那时候我的技术已超过了四哥，他笑着骂骂咧咧地说，都他妈超过老子了，老子混不下去了。

四哥的名声越来越大，他的"生意"也越来越大，除了游戏厅、网吧，还有赌场、矿山等。他穿着体面，开着宝马车招摇过市。

我们在一起的兄弟，大部分都没有上高中，四哥开着宝马车停在2003年的学校门口，那般的体面与光鲜。

"上车！"四哥取下墨镜，对我说。

"哥！"在众人的目光下，我倍感荣幸地钻进了车里。

四哥告诉我，他喜欢我们学校一个叫林静的姑娘，一个文静乖巧、成绩很好的姑娘。

我感到很诧异，我说，哥，你身边还缺姑娘吗？

他说，我不缺，我就是喜欢她，这事儿你自己知道就好了。

他写了一封信让我转给林静，林静也回了他一封信。后来，他没有开车，他在学校门口等林静，他把自己打扮得很年轻，林静走在前面，他跟在后面。他像个儒雅的绅士，而不是社会上的大哥。

但是四哥永远都不知道，和他一样有江湖和远方的我，也喜欢林静，只是我悄悄地隐藏起来，无人知晓。

2006年，我考上了大学，林静却没有考上，她和四哥走在了一起，变得成熟而陌生。

我上大学那天，四哥和几个兄弟来我家，这时候的兄弟们已经变得更加遥远，小杰在一次打架中毙命，有几个被判了刑，而四哥却顽强地活着，他的眼神被江湖蒙上灰尘，冷漠而暴戾。

我弹了一首《你知道我的迷惘》，我说，哥，这是我第一次听你弹的歌，我送给你。不管哪一天，你都是我哥。

四哥的眼睛里泛着泪花，他给我一万块钱，说，你拿着，以后买一把好的吉他。

2008年，四哥被判了刑，林静结了婚，我去监狱看过他几次，每一次都是轻描淡写地说几句，不思量，自难忘。

一晃就是七年。

4

2015年，四哥出来了。

他是个孤儿，如今又得一穷二白地面对这个世界。

我给了四哥两万块钱，说，哥，你刚出来，先拿着用。

四哥一个人走在大街小巷，老房子拆了，城市扩大了，旧地名也改了，认识他的人也不多了。

我问四哥有何打算，是不是做点正当职业？四哥说，我什么都干不了，社会再怎么变，时代再怎么变，江湖是没有变的。

四哥操起了老本行，凭借还有一些人脉和关系，他去了一个赌场罩场子，放高利贷，像他二十出头的时候一样。这个三十几岁的人和一群二十出头的毛孩子一起，虎口夺食。

有一次，他告诉我，现在的钱不好赚了，后生们不讲道义，不讲规矩。

我隐约为四哥担忧，他像是被这个时代遗忘的孤儿，他曾经弹吉他，有自己的江湖和远方，他曾风风光光地走在2000年初的街上。

……

噩耗传来的时候，我的心狠狠地痛了一下，一切猝不及防，又好像命中注定。

四哥与人发生争执而动手，几个不知深浅的少年朝着他的胸口捅了数刀，经抢救无效，死了。

……

四哥，十多年前，你孤身一人摆平三爷，名声大噪；你在台球室里和几个人血拼，大难不死。你在江湖上走，从来都无惧风雨。或许，这个时代变了，我们都变了，而你没有变。

那些无所畏惧的少年犹如当初的你，这就是我从不了解的江湖。只是我再没有机会为你打一个电话。

记得你出狱那天，我们为你接风，在KTV里，我们都喝了很多酒，你搂着多年未见的林静，像是搂着自己的爱情。

我和你唱着：

"我们曾经一样的流浪
一样幻想美好时光
一样的感到流水年长
我们虽不在同一个地方
没有相同的主张
可是你知道我的迷惘"

……

我知道你的迷惘，只是这余生太长，你太难忘。

我愿在朋友圈
为你 点赞

1

几年前，微博很火。

那时我还在咖啡馆，我在微博上随便写点段子，记录一些日常，就会有很多人关注、评论和转发。

现在，你非得花几块钱上个头条，别人才能看到你的内容。

上市后的微博变得商业化和浮躁，当然，这是时代的变化，也是一个企业运营的必经之路。

于是，好多人转到了朋友圈。

2

圈，是圈子，也是束缚。它没有微博天南地北、包罗万象，大家的感情看似亲密了，但在这里你却得小心翼翼，因为你的朋友、亲人、同事、领导时刻关注着你。

朋友圈的内容呢？

是朋友们的日常。吃顿大餐，看场演唱会，出去旅游，加个班，放个假，有事没事都要发个朋友圈。

除此之外，深度好文、心灵鸡汤、励志故事、商家广告处处皆是。那些内容，你好几年前可能就看过，而且很多毫无营养，不值一读。

认识不认识、熟悉不熟悉的人都说，加个微信吧，碍于情面，你加了，其实你并不想让别人看到你的状态，你也不想去了解别人的生活。

于是好多人又关闭了朋友圈。

3

而我还在朋友圈。

我们的父母或是长辈，近几年才真正接触到智能手机，享受到网络时代的便捷。之前，他们大多都活在新闻联播里，对网络，对流行，对当下，了解实在太少，三观单纯而朴素。而朋友圈消磨了他们无聊的时间，满足了他们的好奇。

他们老了，而我们多数时候不在他们身边，在这个车马邮件都很快的时代里，他们跟不上步伐，我们不能怪他们out。

建一个群，发几个红包大家开开心心地抢，七大姑八大姨在里面你一言我一句，这才有一家人的感觉。

朋友圈作为一个纽带，让他们感觉到自己的存在，也感觉到我们的存在。

4

曾无话不谈的朋友、兄妹，可能现在并未有那么多的交集，我无法分担你的忧愁，无法分享你的喜悦，但在朋友圈，我愿意花很少的时间让你知道，我在你身边。我希望，我们见面，我知道你大概的生活，我们不尴尬，有话题，可以很自然地聊几句。而对于自己，我将朋友、领导同事、家人等分组设置，根据发的内容可见。

是的，刷广告，刷自拍，刷鸡汤，确实会让人厌恶。很简单，设置不见就是了。

5

我没有果断退出、果断关闭的义愤填膺，正如我们的生活，你喜欢的、不喜欢的都会发生，而最好的便是坦然面对。

你可以选择自己喜欢的，尽量屏蔽不喜欢的，而不是因为生活不顺心而拒绝生活。

没有一件事会永恒。在这迅猛发展的信息化时代，朋友圈早晚也会被淘汰，被更替。我们终归会离开朋友圈，我们喜欢的、厌恶的也终将会离我们而去。

光阴走散故人，而我愿在朋友圈为你点赞。

永远不要
羡慕别人 的 生活

　　高中的时候，我迷恋吉他，那时候刚入门，琴技臭，有个胖子会弹好几首歌，总是当着其他同学的面"羞辱"我，于是我在家废寝忘食地苦练。一年后，我的琴技远远地超过了他。

　　当然，代价也很惨重，那就是我的学习成绩一落千丈。

　　后来，我好不容易上了大学，又开始羡慕组乐队的师兄，下决心要组乐队。

　　于是，我四处找人、排练、写歌、演出，最终如愿以偿。

　　我羡慕一些其貌不扬的男同学能将亭亭玉立的姑娘拥入怀里，我蠢蠢欲动，决定要追求一个漂亮姑娘，我在人家寝室楼下弹吉他，结果被保安大叔赶走。

　　我羡慕一些做兼职的同学自己解决了生活费，于是，我去做家教，给小孩补习语文和数学，可是我遇到了熊孩子，我一上课他就瞌睡，补了一个月，成绩没有半点进步，后来他父母扣了我半个月的工资。

我羡慕创业的同学成立了自己的工作室，挣了不少钱，于是我也开始创业，我开了一家小咖啡馆，弹琴唱歌，逍遥自在，直到大学毕业。

后来，生意艰难，我转了店，而大学也就这样结束了。

我的羡慕马不停蹄，羡慕有的同学考上了研究生，有的进入了省电视台，有的考上了公务员。而自己，还不知何去何从。

是的，如果进入大学，我能静下心来，专一地做一件事，少一些羡慕，现在会不会不那么迷惘？

我羡慕过比我长得好看的，收入比我高的，吉他比我弹得好的，文章比我写得漂亮的，为此，我曾想方设法去追赶，有时候我如愿以偿，有时候却事与愿违。

我羡慕别人，是因为我热爱的，别人恰好比我做得好，而我怕自己落后，怕自己被埋没。

后来，年岁渐长，我慢慢看清了自己，变得不那么急切地去羡慕，因为我明白，每个人都有自己擅长的，而自己不能什么都想要。

羡慕是一把双刃剑，它的好在于迫使自己努力追赶，让自己迅速成长。

假如师出同门，为什么别人能考上好的学校，能拿奖学金，而自己不能？是自己笨，还是没有努力？

羡慕别人，才会迫使自己努力维护自己的自尊，所以，我也要通过努力，让自己变得更好。

但有的人成绩优秀，可是别无所长，脖子上挂一块饼也会被活活饿死；有的人成绩不好，但是多才多艺，招人喜欢。

如果单以学习成绩来衡量一个人，这不科学。

如果是因为在某一方面不如人，由羡慕变成妒忌，变成和自己死磕，则会走进死胡同，得不偿失。

而最难把握的是物质上的羡慕。

身边的人买包了，旅游了，换车了，发年终奖了……而自己好像哪方面都不如人。别人家男朋友怎么样，别人家父母怎么样，而自己遇到的人都不怎么样。

请小心，这是很危险的羡慕。

我认识一个企业老板，他开上百万的车，一年几个亿的生意，在别人面前风光无限。可是，你不知，他求人办事，应酬时卑微得像条狗；你不知，他四十左右，却有高血糖，每天都要吃药；你不知，生意是相互负债，他也欠着别人很多钱。他说，忙起来就停不下来，身体垮了，钱没赚多少，却没好好陪家人。

你看到一对明星夫妻出双入对，胜似鸳鸯，好似爱情的楷模。可是你不知道，两个人也许逢场作戏，早就离了婚。

爱情总会被生活打磨掉光泽，而真正持久的爱是相互的体谅和尊重。

你看到的，不一定是真的，但你的羡慕，却是真的。

如此，你心生自卑，莫名苦恼，埋怨生活。如此，你必定对自己失去信心，怨天尤人，不思进取。如此，你必定会忽略身边人对你的爱，总认为微不足道，不值一提。如此，你变得狭隘，内心照不进阳光。

其实，不用羡慕别人的生活，你依然活得精彩。

要过上自己想要的生活，要学会某种谋生的技能，请努力，这是基本，没有讨价还价的余地。

每一个人都是独一无二、与众不同的，所以，如果大家都想拿第一，这不现实。但这并不能说明我们比别人差，因为，每个人的天赋各不同。

会弹琴的不一定会写诗，会写诗的不一定会煲汤，会煲汤的不一定会唱歌，会唱歌的不一定会弹琴。

所以，请正视自己的不足，这并不丢人。承认别人的优秀，是一种豁达。我们极少见到一个全才，所以，你能把一件事做好，便是足够的优秀。

永远不要羡慕别人的生活，因为，只要努力，时间就不会辜负你；因为，别人不可复制，你也是独一无二的。

没那么
多人 会 在乎你

1

发一条动态，朋友圈有上百人，收到的评论和点赞寥寥无几。

在微博上有上千粉，文字和照片依然会石沉大海。

例会上，很认真地提出意见，老板却并没有采用。

生病了、失恋了，打电话嘘寒问暖的人又有多少？

是的，因为没有那么多人会在乎你。

这很好理解，每个人都有自己的生活和爱好，生活要花时间经营，爱好要志趣相投。别人哪有时间去关注你的生活？你的爱好也许别人也不感兴趣，所以别人不愿在乎你，正如你不愿在乎别人一样。

2

公司有个女同事，相貌平平，绝对不是我们所说的女神，但是她却很招人喜欢。仔细观察，不难发现，她总是面带笑容，说话亲切，别人说话的时候她安静地听，别人请求的事她用心去做，除此，她会关注你，知道你最近的动态，即使几天不见面，依然有话题。

所以，同事们乐意和她相处，乐意关注她、在乎她。

有时候，"在乎"是相互的人情，因为首先，别人没有义务在乎你；其次，如果你总是以自我为中心，别人对你的在乎得不到回应，终究也会慢慢放弃你。

当然，这是一种相互的人情，还有一种是自带光芒的类型。

比如，你颜值爆表，光是发张自拍，发几句无关痛痒的话，别人也愿意去关注你，因为这个看脸的时代，你如风景般

养眼，这是你先天的优势。

还有，你是一个才华横溢的家伙，你的乐队正在全国巡演，你的书正在热卖……别人也愿意在乎你，生活这么无趣，有些新鲜刺激的事发生在自己身边，这多有意思啊。

别人可以说，这本书是我朋友写的，前两天我们还在一起喝咖啡；别人可以说，台上那个乐队主唱是我朋友啊，改天我邀约一起喝酒……

是的，说起来有些现实，但事实如此。换作你，一个毫无亮点的人，你也不会那么在乎。

3

可是啊，我们大部分人都碌碌无奇，都是平凡地过这一生，哪有这么多的光芒万丈，哪有那么多新鲜刺激，所以，请安安分分地接受这种落寞。

但总是有人真正地在乎你，父母、爱人，以及为数不多的朋友，所以请把你的关怀和在乎大大方方地给他们。

而有些人的"在乎"，我们可置之不理。

人言可畏，三人成虎，总有一些在背后对你说三道四的人。他们很"在乎"你，但这种"在乎"令你生厌，可是嘴巴长在别人身上，难不成用胶布去封住？

有句话说，生气是自己喝毒药，而希望别人难受。你光明磊落、堂堂正正地走在人间，为这种事苦恼，犯得着吗？

语言是风，它伤不了你。

人靠衣装马靠鞍，每个人都希望光鲜亮丽地出现在别人面前，所以花时间装扮自己无可厚非。

但是生活中的人，他们也许根本就不在乎你换了新包、做了指甲、烫了头发，所以，也别太在意。

气质比容貌更经得起考验，气质是什么？气质是修养，是知识和阅历，是最好的妆容。

但不管怎么说，我们都希望做一个纯粹的人，一个脱离了低级趣味的人，一个有益于人民的人。

4

但不管怎么说，我们都希望被人喜欢，受人关注，被人在乎，所以要让自己放射出光芒，将温暖和希望带给他人。

你有自己的专业，术业有专攻，你在一个领域钻研多年，必能做出成绩。人们更喜欢这样的你，而不是一个混吃等死的半吊子。

你有自己的爱好，可以用歌声，用手中的琴和笔带给人感动和惊喜。

你有自己的品质，朋友和人情恰好要经历时间，而时间让品质发出光芒。

但大多时候，你还是一个人，在这个热闹喧哗的城市，独自面对自己。

别太在意，当你自带光芒的时候，别人自然会在乎你。

别太在意，即使没那么多人在乎你，还有你自己。

很孤独，
但 却 很幸福

如果给你寄一本书，我不会寄给你诗歌

我要给你一本关于植物，关于庄稼的

告诉你稻子和稗子的区别

告诉你一颗稗子提心吊胆的春天

《我爱你》

这是我喜欢的诗人余秀华的诗，她出名以后，别人对这位只有高中学历的脑瘫诗人给予太多的赞美和光环。

但对她而言，一次次温暖的相遇，然后离别，是把孤独提到半空，再扔下来。

她说："我心孤独，一如从前。"

1

几年前，小虎在电视台得到一份工作，来之不易。

在最廉价的出租屋里，一把吉他和一台电脑是他奋斗的武器。他的工作是在乐队里给歌手伴奏。

电视台一般会给乐手十几首歌曲，他需要听清楚每一首歌的调性、旋律、和声，牢记并熟练演奏。

他说，那时候真是疯狂，遇到一些较难的曲子，往往要翻来覆去地听几十遍，听得思维迟缓，靠咖啡和烟提神。听出来后又得练习，直到弹会。在听到远处的鸡鸣，听到邻居开始煎鸡蛋做早餐时才搞定。精疲力竭地睡几个小时，又把自己打扮体面，背着吉他往电视台赶。那时候，他刚和女朋友分手，朋友不在身旁，母亲则强烈要求他回家，而自己一个人在这异乡10平方米的屋子里坚持了一年。

他说，在舞台上的感觉是最幸福的，而背后的孤独只有自己一个人知道。

后来，他的业务越来越好，在去年成立了自己的公司。

2

有一年国考，有个师姐考上了外交部。这个职位，上万人竞争，其中不乏名牌大学的研究生和博士生。

这件事在我们这所普通大学里引起了不小的轰动，大家都想知道是谁这么牛。

其实，我们都见过她，在图书馆，在支教的社团，在清晨六点的操场上。

她不是学生会主席，不是社团干部，她走在人群中，普通得让人几乎没有印象。和她一个寝室的女同学告诉我：当大家收拾打扮准备约会时，她拿着书去了图书馆；当大家追剧、沉迷于综艺节目时，她在认真地练习英语听力；当大家还在梦境时，她已洗漱完毕，奔向清晨的操场。

没有一个人不愿享受，没有一个人不爱安逸，只是有些努力只有自己知道，有些孤独只能自己承受。

3

小波在公司负责文案撰写。

二十出头，刚从大学毕业。文静，话不多。

有次公司聚会，我和他坐在一起聊天，说到小说和诗歌，才知道，他看了很多书，写了很多字，在网上小有名气，第一本书即将出版。

后来，我去他的住处，是一个很远的小区，静谧的老房子，一个小单间，简单的家具，书桌上放着一台很旧的电脑，以及堆放有序的书。

他说，他的第一本书就是在这里完成的。相框里的文静姑娘是他远方的女朋友。他给我泡了一杯绿茶，给窗台上的一盆植物小心翼翼地浇水。

他说，他一直坚持写，写了几十万字，现在正准备第二本书。

没有三五好友，把酒言欢；也没有爱的姑娘在身旁，耳鬓厮磨，只是一个倔强的少年和他骄傲的梦想。

4

我们常说，你必须很努力，才会看起来毫不费力。

睡懒觉比早起容易，看剧比做题容易，大快朵颐比挥汗如雨容易，一群人聊八卦比一个人看书容易，那些做起来安逸的，都比较容易。

而孤独是与自己的相处，是和自己的对话，需要自控，需要收敛。久而久之，你便无惧得失，风轻云淡；你便看清前进的路，执着坚韧，沉默欢喜。

孤独像一个你并不喜欢甚至时刻想打发走的朋友，但你接受它，适应它，爱上它，它一样会回赠你幸福。

哪怕是生命中的一点点热闹，你都会心满意足。

春花、秋月、夏日、冬雪，岁月极美，但必然流逝，而你的孤独却只属于你。

孤独是常态，那些热闹的时光只是生命中的偶然。

有时候很孤独，但却很幸福。

我从来都不是
一个 听话 的孩子

你第一次送我去学前班，我怕生，拉着你的手死活不肯进教室，你对我说，要听话，要听老师的话。

第一节课，你在窗外守着我，我怯生生地只顾看着你。下课后，我打死也不进教室，你买了冰棍哄我，我不让你走，你就在教室门口等我直到放学。

我从来安静不下来，和小伙伴疯玩，脏兮兮地回家，你用一个大盆，烧水给我洗澡，再用一条干燥的毛巾裹着我放到床上，又开始拖地、洗衣服。

你不喜欢养狗，可我执意要买。于是，你负责照顾我们外加一条狗，有一次你的金耳环不见了，你翻遍了整个屋子，从柴堆里找了出来，是我的狗干的。

第一次我偷东西，是学校里的花。被请了家长，你来学校交了二十块的罚款，你一句都没骂我。过了几天，你从乡下外婆家带来几株我偷的品种，栽到木箱里，放在阳台上，浇水施肥。很多年过去了，它在盛夏的时候依旧会绽放火焰般的花朵。

十几岁的时候我开始叛逆，你揍我，我彻夜不归家，你四处打听我的消息，台球室、游戏厅，大街小巷四处寻找。你找到脏兮兮的我，第一句话是，幺儿，跟我回家。

我带你去县城里第一家品牌店，一百多块一双的鞋，你讨价还价，我嫌你啰唆，后来你还是买了，其实我知道你没有工作。

我懒得洗自己的袜子和衣服，好像全部是你的事。

我弹吉他入迷，不好好学习，你气急败坏地骂我。我把门重重地摔上，你就开始沉默。

高考落榜，我赌气说我不想读书了，你四处打听，准备给我找一份工作。

后来补习进了大学，你送我到宿舍，你给我整理好床铺，起得太早，你困得打盹儿，我说没事儿你们就先回吧。后来，我下楼买东西，看到你在图书馆门口坐了很久。

你给我打电话，一定会问我，还有没有生活费？我总爱说，我知道了，没事儿我挂了。

毕业了，你希望我回家，我很固执地拒绝了你的请求。我说，我有选择自己生活的权利，你说，可是我担心你。

你和爸时而吵架，你对我哭，我狠狠地甩出一句话，合不来就离婚。而你只知道哭。

有一次你生病了，你从医院输液回来，刚稳定，我却因为屁大点事就离开了家。

每次回家，你都给我准备大包小包的吃的，而我总是空着手来。

偶尔给你一点钱，你总是想方设法地还给我；偶尔给你买一束花，直到枯萎，你也舍不得丢。

外公过世的时候，你哭得昏天暗地，我知道他生前最爱你，我在你身旁，竟不知怎么安慰你。

妈妈，我从来都不是一个听话的孩子。可当你在年过半百、絮絮叨叨的时候，我开始那么在乎你。

我想着，你给了我生命，抚育我成人，我曾在你怀里哭，曾挽着你的手走，可我却离你越来越远。

假如有一天你离开了我，我必定如你失去你父亲一样，悲痛欲绝，不知所措。

每个人都想拯救世界，却没人帮妈妈洗碗。

妈妈，我快三十岁了，我只想做个听话的孩子。

那些艰难的日子，
终将 会 离你而去

／

大学刚毕业，我有幸进入一个不错的公司，在市中心的写字楼里，喝着咖啡，和同事聊着创意，春风得意。

三个月后，人事主管微笑着对我说，我很抱歉地告诉你，我觉得你并不适合这份工作，所以你看看什么时候来办辞职手续？

生物钟在七点准时把我叫醒，我躺在床上突然想起自己失业了。这是第一次遇到真正的挫折，万分惋惜和无奈，我茶饭不思，一度怀疑自己。

我决定重新找一份工作，招聘网上的公司很多，有的简历石沉大海，有的面试一塌糊涂，才发现前面的路那么窄。

我在出租房闲了一个月，父母知道后打电话给我，让我回去考公务员，而我固执地回绝，和父母的关系也因此闹僵。

房租水电、吃穿住行都得花钱，而我已经毕业了，我再不好意思向父母要生活费。我低三下四地请求房东阿姨再缓缓房租，我身上仅剩十块钱，我买了一包六块的中南海、四块钱的土豆，在家宅了两天不敢出门。

后来，我爱的一个姑娘慷慨解囊，解了我的燃眉之急。

2

接着，我在郊区一家小公司谋了一份职，那时正值寒冬，起很早，挤一个小时的公交，拿着很低的薪水，努力工作，勉强在这个城市活下来。

半年后，公司倒闭，我再次失业了。

我多么想留在这个城市，通过自己的努力让自己过得好一些，但是毕业一年了，我过得并不好。我的父母时刻为我担心，时刻对我失望。而我大学同班同学有的在电视台、电台已小有名气。

我又闲了一段时间，一个人走在大学的校园里，在图书馆前坐很久，想着曾经的日子早已远去，而未来仍是未知。

3

第三份工作已是毕业的第二年，我在一家新公司做活动策划，我拿着保底的工资，把自己搞得体体面面，想把自己的创意卖给房地产开发公司。

我在办公室门外等素未谋面的总监，自己初出茅庐，所在公司没有名气，有时候一等就是几个小时，好不容易碰上面，刚自我介绍完，对方就借故匆匆离开。

我厚着脸皮屡战屡败，屡败屡战，然而很不幸，后来我的公司又倒闭了。五十多岁的老总带着我和一个哥们儿重新创业，公司搬到了郊区，我们都没有工资，三个人亲自做方案，在酒店大厅碰面，开着廉价的轿车跑业务，咬牙坚持着。

终于，一家房地产开发公司和我们签了130万的活动，我算了算，我有10万块的提成，苍天不负有心人，我们喜极而泣，觉得苦日子熬到了尽头。

但是几天后，由于政府的干预，活动被迫取消，一切都是空欢喜。

4

我在夏天结束的时候结束了这段生活，日子很艰难，母亲知道后给我打了2000块钱，我什么都没说，只觉得生活总爱和我开玩笑，从来没有正经过。

我决定去卖盒饭。

和一个朋友一拍即合，到一个新区，租了房子，买了厨具，做了宣传单，去附近的写字楼挨个儿地发。

买菜、做饭、骑电瓶车赶到写字楼，提着饭盒楼上楼下地跑。卖不完的自己吃，吃不完的使劲儿吃。当家后，方知柴米油盐贵。

送完餐，把零钱从兜里掏出来清点的时候最觉不易，抽最廉价的烟，生意好的时候，买一个德克士的鸡肉卷犒劳自己。

大学同学的广告头像已经做到了公交车上，成了市里有名的主持人；大学老师听说我卖盒饭，惊讶无比；同寝室考上公务员的同学结婚没有邀请我。

过年回家，交了房租，自己身无分文。我母亲说，某某的儿子在县政府上班，某某的姑娘在检察院工作，而别人问起你，我都不知道说什么。

我无话可说，却莫名伤感，我怀疑自己是不是真的走错了路。但我更固执，在家待了几天，有客人问我们什么时候开业，我又马不停蹄地赶回去买菜做饭。

在大学，我的高考成绩全班第一；在大学，我是吉他手，我们的乐队为知名乐队的巡演暖场；在大学，我开过咖啡馆，一直读书写字。

可那已经过去了，我，毕业两年，未来还未到来。

5

一年后，我结束了卖盒饭的生活，经人介绍，进了一个不错的公司。

卖过盒饭，其他的工作对于我来说都不叫累。机会难得，我加倍努力。我感谢以前的经历，我会做方案，会做销售，会节约成本，会控制时间，会和人打交道，会不厌其烦，会锲而不舍。

每一件事我都尽十二分的努力做好，加薪，提拔，得到公司的重用。

公司越来越好，我的经济也越来越好，我娶了我爱的姑娘，按揭买了房，给自己和媳妇添了好几样单品，我不再感到生存的压迫，自由地在这个城市呼吸。

6

我时常会想起以前。

也许，每个人的道路都不同，有的会顺利一些，有的要坎坷一点。父母和你自己都会给你压力，你会气馁，会怀疑自己的选择，你也努力了，但还是没有看到希望的光芒，但是，请再坚持一下！

那些在你最艰难的时候依旧不离不弃的人最值得你珍惜，你的爱人、父母和朋友。那些怀疑过你、贬低过你的人请你也不用记在心上，人情世故，冷暖自知。

生活从来都不会一蹴而就，也没有永远的安稳，艰难坎坷总会接踵而来，在过去、现在，以及未来，但是请保持努力，请保持坦然。

因为，那些艰难的日子，终将会离你而去。

We

are

young

，

lonely

and

helpless

总有一件事，
让我们成长

第二章

所有的温柔相待，
都 不是 理所当然

/

一个同事告诉我一件事。

有一次，他和妻子去超市买东西，到家后发现收银员多找了他五十块钱。

刚开始，他如捡到便宜般窃喜，但又想到找错钱的姑娘，她年纪轻轻，站在收银台一直忙碌。

五十块钱不多，但对于收银的姑娘来说应该不少。他想，她这么辛苦忙碌，到头来发现钱对不上，肯定得自己掏钱赔。

他打算回去还给她，妻子很不理解他的做法，但他还是执意要去。

从家出发，打车到了超市。一路上他心情愉悦，他想，自己正在做一件很有意义的事。到了超市，他见到了忙碌的收银员，说，小妹，你刚才找错钱了。

"没有啊!"姑娘转过头看着他,一脸诧异。

"你找错了。"同事笑呵呵地说。

"不可能!肯定不会找错!"姑娘的表情很坚定。

"你多找了我五十块钱!"同事赶紧拿出钱来。

"哦!"姑娘有些尴尬,她拿过同事递过来的钱,迅速装进了收银箱。

她继续忙碌自己的事,没说一句谢谢。

而同事这个四十岁的大老爷们儿却显得尴尬。

他说,他像做错事一样站在那里,大家都各忙各的,丝毫不在乎刚才发生的一切。

他悻悻地离开了。

妻子知道后对他冷嘲热讽,他说,他觉得自己像个傻×一样。

2

上次和一个出租车司机聊天。

他说有一回,乘客下车很久后,他听到后排手机响,转过头,发现是台崭新的iPhone 6。

接通,丢失手机的乘客心切,问是不是捡到了他的手机。

师傅告诉他,他落在了车上。

乘客说,他现在很忙,能不能帮他送过来?手机对他很重要,到时候一定好好感谢他。师傅说好,他开车给他送了过去。

见了面,乘客拿过手机,边埋头仔细检查边连声称谢。

电话铃突然响起,乘客接通电话,很自然地离开了。

乘客就这样拿走了手机。

师傅说，他如果不归还，谁也不知道是他拿走的。他开车给他送过去，路上几单生意他都没接。

他不是为了客人的"好好感谢"，只是觉得不该拿不属于自己的东西。

只是，乘客拿过手机，头也不抬，说了两声"谢谢"便匆匆走了。

3

一个小师妹说起他关注的一个人。

刚开始，他只是小有名气。

师妹关注他，认真看完他的作品，为他点赞，给他评论。

师妹欣赏他，力挺他，在朋友面前不厌其烦地说起他。

后来，有诸多个和师妹一样的人欣赏他，力挺他。于是，他走进了人们的视野，火了。只是，对于粉丝，他惜字如金，从不有任何互动。

师妹说，她就是个傻兮兮的粉丝。

粉丝是什么？粉丝是为我点赞，为我评论，为我呐喊，为我疯狂，殷切关怀我，用力热爱我。但对不起，我很忙，没有心思关注你，是的，与你说一句话的时间也抽不出来。

4

你内心明媚温柔，想着对方的无助和着急。

你体恤对方，关爱对方；你行好事，不问前程。

其实你并非想从对方身上获取什么，一句真诚的"谢谢"，便可温暖你许久。

只是你的温柔相待，对别人来说，都是理所当然。

做一个厚道的人
很有 必要

/

菜市里有家卖活禽的。有一次，我进店买鸡。

"这是土鸡，三黄鸡，本地鸡……"老板娘一一介绍。

"要吃就吃土鸡，土鸡好吃！"老板娘说。

"土鸡怎么卖？"我问。

老板娘说了价格，我又问了其他品种的价格，正犹豫，老板娘又说："土鸡好吃，营养又好，一分钱一分货。"刚说完，就准备伸手抓鸡。

"你先等一会儿。"我说。

土鸡比其他种类的鸡贵好几倍，一只鸡四五斤得一两百块钱，我得想想，我还要买其他菜，出门带的钱够不够。

"小伙子，就买土鸡，其他的不好吃。"她店里坐着的家人开口说。

"嗯，我要三黄鸡，给我挑一只小点的。"我说。

"三黄鸡都这么大个儿，也没土鸡好吃，就买土鸡！"她一家人又开始劝我。

我很反感，转身走了，到另一个店很愉快地买了。

咱先不说强买强卖的问题，既然有几个品种让顾客选择，为何那么热切地推销价格比其他的贵好几倍的产品？很容易得出答案，因为利润高。

你那般急切地看重利润，为何不直接卖土鸡得了？反复用"好吃""营养"来绑架顾客自由消费的权利，这合适吗？

我偶尔路过她家店门口，依然会听到她劝别人"买土鸡，土鸡好吃又有营养"之类的话。

我从此再没有光顾过这家店。

2

走进一家药店，随便买点感冒药就得好几十块甚至上百块。

我记得儿时的诊所，医生听你描述症状，摸摸额头量体温，拿笔认真开处方，用一长勺把玻璃瓶里各色药片舀出来摊到纸片上，折叠好，嘱咐用药的时间。

几块钱，不贵，药效也好。

而现在，走进一个药店，药品如商品般琳琅满目，没有穿白大褂的医生问诊，你说你哪里不舒服，营业员就呼呼地拿来了药。

有一次感冒，我正在货架前驻足挑选。

"买感冒药是不是？"一个营业员问。

"嗯。"我回答。

"这个吧，这个好！"那姑娘顺势递给我一盒药。

我从货架上看到定价，不便宜。

"再配合这个一起吃，效果更好。"还没等我回应，她又拿来一盒药。

"有维C银翘片吗？"我问。

"那个药没这个好！"她有些不快。

"有没有？"我又问。

"在底下。"她一脸不快，转身走了。

我就纳闷了，甭管药效好不好，都是国家正规出品的，既然药店有售，那么就有它的市场和作用，你凭什么妄加断定它不好？

是的，我理解销售行业，广告药你们有提成，但不至于如此推销吧？不买你推荐的药，就给脸色看，像欠你的钱一样让你不舒服。

当然，我并不是指所有的药店工作者，我说的只是极少数。我也知道物价水平不能和十几年前相提并论，但起码得考虑病人的真实诉求，尊重顾客的自由选择吧？打着"哪种好"这种看似关心你的幌子，把药品当商品卖，我一小感冒，你非得开这么多、这么贵的药，说不过去吧？

刘晓庆在机场吃了碗六十块的面条都要吐槽，都是平民百姓，换作你，你愉快吗？

3

有一次，早晨六点我打车去机场。

两辆出租车以"交班"为由拒绝了我，其实我知道，这么早，一会儿没准儿得放空回来，所以很多车是不愿意去的。

时间很紧，我很着急，终于，一辆车停下，我小心翼翼地说了地址，司机很干脆地说，上车。

路上我和他聊起来，我说："这么早，很多车都不去啊。"

"哈哈，他们担心回来拉不到人。"

"你不怕？"

"我也怕，但这是我的工作。"

这是我的工作。很朴实的一句话。

机场空空荡荡，天还未亮，我多塞给他二十块钱，我说，钱不多，你可能要放空回去，这是一点补偿，请你收下。

他谢绝了。

4

一个好朋友喝醉了，钱包丢了，里面有身份证、银行卡、社保卡以及900块现金。

他懊恼不已，自认倒霉。

过了几天，他在住处楼下的保洁室发现一块牌子：

"本人捡到××皮夹一个，已来你家两次，但都无人在家，送到派出所也无人值班。

联系电话：×××××××××××。

（清洁阿姨请别扔，本人赶时间，来不及打听你的电话。请谅解！）"

朋友喜出望外，打电话过去，约定好时间和地点，完璧归赵。

原来，是烧烤摊上打工的一个小伙子，那晚捡到朋友的钱包后，看到里面租房的收款条，根据地址，两次找上门来，但朋友恰好不在家。他去了派出所，恰好那天又没遇到值班的人。情急之下，他写了块纸牌放在保洁室。

朋友感动至极，掏出钱包里的900块钱给他，说是一点心意，但他谢绝了，说自己要是为钱的话，就不会这样做了。

朋友告诉我，是一个农村来的小伙子，朴实厚道，他匆匆告辞，说自己还要帮老板准备晚上的生意。他写的纸牌上还有两个错别字，读的书应该不多，但朋友说，这是个好兄弟。

5

经济发展，物欲横流。各种坑蒙拐骗的事屡见不鲜，世界的距离拉近了，但人情却好像冷漠了。

而那些厚道的人，尽管高楼拔地而起，尽管世界斗转星移，他们却心怀善念，温暖你我。

所谓厚道，并非才高八斗的学识，并非拯救天下的善举，它只是隐藏在平凡人最纯净的心里。

厚道之人，他们能辨是非，不被眼前的蝇头小利所迷惑；他们厚德载物，心中有道；他们包容他人，真正的光明磊落不苟且。

朋友，
我们 应当 这样相处

/

半年前，我接到一个电话，来自我的高中同学。

先是寒暄一阵，再问我，最近手头方便吗？我说，什么
事？他说，和人闹矛盾，把人打伤了，准备私了，需要借一万
块钱，否则可能要被追究法律责任。

他又说，多少你都要帮我一下。我说，确实帮不了你。

那边悻悻地挂了电话。其实我多少是可以帮一点的，但是
我没有。

几年前，他结婚，在乡下老家，我去了，从县城坐汽车到
镇上，再从镇上出发，山间公路，一路泥泞到达寨子。那时我
还是学生，没经济收入，但还是准备了一个红包。对我来说，
这是必须的，千金难买是友情。

我结婚了，给他打电话，他说最近都有事情，来不了，改

天再请我吃饭，我说好。长大后，每个人都有身不由己的忙碌，我理解，但是我们一直没有相聚。

很久没联系了，就这样，打电话过来就是借钱，所以我拒绝了。

2

还有一个朋友，以前公司的同事，三十几岁了，抽很便宜的烟，在这座城市打拼多年，换了好几份工作。我们在商讨一件事的时候，他总是爱沉默，然后摇着头说，这做起来很难。有时候，他也会冒出很多想法，说打算做贷款抵押、药品销售等，这样钱来得快一些。

大家在一起，工作还算愉快，后来，公司裁员，他离开了公司。

有一次碰面，他问我身上有钱没有，借100块给他。我说好。100块钱不多，三十多岁的人了，一定是很艰难才开这个口，我压根儿也没想着他还我。

好几次，他在微信上让我帮他转发广告，后来知道，他又换了工作，在一家卖保健品的公司。有一次，我接到他电话，又是一阵寒暄。我问，杨哥，有什么事，你直说。他说，没事，就是好久没联系，想你了。后来挂了电话。

第二天，我又接到他电话，问我有时间没有，帮他们公司做个方案。他说，兄弟你以前就是公司的一把手，这点事应该是小问题。我问，你们公司没有专职文案吗？他说，公司刚起步，还没招人。而他始终没有提报酬的事。

后来，我拒绝了。我说，对不起，这几天我很忙，你还是找其他人吧。

第一，这是你公司的事，我与你们公司一点都不熟，市场经济你应该懂啊，哪有免费的事。第二，你上次借我的100块都没还，钱不多，但是我觉得，你不值得我在你身上付出情义。

3

大三那年，大学同寝室哥们儿的母亲住院，膝盖疼痛，无法行走。他对我说，帮忙照顾一下，我很快回来。我说，没问题。

在医院见面，他对母亲说，寝室的好兄弟。又对我说，都是兄弟，交给你了。另外，他把一个单子给我，嘱咐：有个CT还没做，一会儿你帮我争取一下，看能不能下午做，要不然排队得等好几天。他拍拍我肩膀，走了。

我把牛奶和鲜花放床头，和老人家聊起天来。我心想，同寝室的兄弟，不能含糊。中午，医生要做检查，可是老人家腿脚不便，加之较胖，无法走到轮椅上，当时没有护工，我咬牙把她抱上了轮椅，推着出了病房。

检查完，突然想到他的嘱咐，我又去找CT室的医生，医生果然不理我，说，你这得排队啊。我求情说，老人家很可怜，儿子又不在身边，我是她儿子的同学，拜托你！医生终于答应。一切顺利，很晚他才回来。

其实，他这一天都在忙学生会的事，那年艺考，他在学生会负责给考生提供咨询，带人进考场。我说，你这样做不妥，他笑呵呵地重复那句话：自家兄弟，你办事我放心。

有一次，我经济有点困难，开口问他借500块钱，并承诺下星期还。可是他拒绝了。其实我知道他有这个能力的，大家一个寝室，从他口中听说过他一场麻将输多少，一个商演挣多少。我只是觉得有些心寒，直到现在，我和他也只是很表面地打交道，从来没有推心置腹。

4

我很少开口向朋友借钱，但是刚毕业那段日子真是困难。有一次，我向一个朋友A开口，他在电话里直截了当地问，要多少？我说，1000。他说，急不？我说，有点。他说，我家附近没有银行，你等我二十分钟。二十分钟不到，钱已到账。他发来短信：什么时候有，什么时候还。

说实话，当时我感动得一塌糊涂。一个星期后，我邀他出来喝酒，如数归还。他偶尔遇到困难，也向我开口，只要我有，从不犹豫地借给他。他总是如期归还，确实困难的时候打电话说，缓几天。我把那句话还给他：什么时候有，什么时候还。

有一个朋友D是出租车司机，有一次我和一个很重要的客户喝酒，时间晚了，不好打车，我给他打电话，他恰好在附近，说，马上到。十五分钟后，他来了。送客户上了车，我给他一个眼神，他会意地点了点头，安全把人送到家门口。

我给他发了一个微信红包，他说，你这是干吗？我说，车费啊！

他没接，一天后，红包自动退到我账上。

有一年，我一个人在郊区做生意，因为交通不便，远离了朋友。有一回，我给D打电话，问，下午有没有时间，想和你喝杯酒。他说，好。

下午，他带了一瓶酒，我做了几个菜。

那天是我生日，我很感动。

前几天一个朋友S新买了车，三十几万，全款付清。两年前他就年薪几十万，在市区买了房。我们拿他打趣说，S总，你做的是事业，哥们儿是上班。他总是嬉皮笑脸地骂我们傻×。还是以前那个样，大家不会因为经济的差距而有任何的不自在，他总是把车开到家门口等我们，我们听以前的音乐，喝得烂醉，胡说八道一晚上。

有一次，S提着一个新买的高压锅给我，说是发现我们家的坏了，顺便就买了，又匆匆忙忙地说，车还停在楼下，先走了。

5

很多年前，我总是以"肝胆相照""手足情深"这样的词汇去定义朋友，结识一个新朋友，便想着一辈子那么长远。多年后，有的人很自然就走散了，我又不断有了新朋友，而时间给了我新的答案。

其实，每一次相聚和分开都是缘分，真正的朋友会让彼此自在和舒适，有观点不一的争论，也有不同的圈子和爱好，但朋友，不会因为忙碌、因为窘迫、因为收入而被世俗地拉开差距。一句话、一个眼神，大家相互理解，心照不宣。

友情是一种善念，因为没有谁有义务去帮助你，去在乎你。所以，这种情义需要铭记和"偿还"，这是彼此的平衡，也是情感的基础。

我享受这种"朋友"带来的感觉，同样也把这种感动化成行动回赠他们，别无所求，心甘情愿。

有时候，
我们 应当 有点脾气

/

有一次，A在酒吧演出完，夜已深，他背着沉重的琴，疲惫不堪地站在街边打车。不一会儿，一辆载着人的出租车在他面前停下，师傅问他到哪儿，A说了地址，师傅想了一下说，走吧。

其实一点都不顺路，上车后，师傅报的价也不低。但是想到太晚了，师傅多接一单生意不容易，A没说话，表示理解。另一个人下车后，师傅开始抱怨，说那边太堵车了。A说，确实堵车的话，我就下去走几步。

师傅还是在埋怨，说，那边本来就很堵车，真是个见鬼的地方，干脆开到路口，你自己走上去。

从路口到A的住处还很远，A背着很重的琴，一晚上的演出让他很疲惫。

A说，师傅，这个点应该不会堵车了，你先往上开，我背着琴确实不方便，如果确实堵车，我就自己下车走路。

师傅对A的宽容一点不领情，一直抱怨。

A终于忍不住爆发了，变了个语气，厉声责问，你是要拒载吗？信不信我马上投诉你？师傅说，你投诉我吧，我不怕。

A掷地有声地指着他说，你今天非得把我送到家门口，我一步路都不走，要不然你一分钱都拿不到，不信你试试看！

A像变了个人，露出了很江湖的模样。这个弹琴的少年以前在县城里经历过太多打打杀杀。

师傅闭了嘴，一直把他送到了家门口。

2

朋友B是咖啡馆老板，生意不错。

一天，咖啡馆来了一群喝醉酒的人，又吵又闹，问有没有特殊服务。

整个咖啡馆变了个氛围，服务员也遭到辱骂，拿他们没辙儿。情急之下，服务员打电话叫来老板B。

B是个生意人，一进门赔着笑脸先道歉，说，今天几位哥哥喝醉了，照顾不周，这样吧，今天的单免了，全当交个朋友，时间晚了，哥几个回家休息，怎样？

那群人说，你这是赶我们走吗？

B笑着说，不敢，小本生意，希望哥几个理解。

一人醉醺醺地说，先给我们来瓶白的。

B说，抱歉，我店没有白酒卖。

一人举起店里的杯子说，他妈的，你不给面子是吧？

B收起了笑脸，问，你这是要砸我的东西吗？

有一人说，砸了你又敢怎样？

"砰！"杯子刚落地，B的拳头也砸在了他的头上。

一个服务员关上了门，另一个人报了警。

一场混战很快结束，朋友吃了一点小亏。最后，醉酒闹事的一群人道了歉，赔了损失。B说，以和为贵的道理谁都懂，但有的人是合不来的。这样的客人得罪也罢，他们欺软怕硬，我不动手，他们以后就会得寸进尺，我的兄弟姐妹们也会看扁我。

3

C千里迢迢来到南方参加一场考试。

这是一个省级电视台，面向全社会招聘主持人。

笔试、专业测试一路过关斩将，终于走到了最后一轮——面试。

这一路很不容易，向原单位请假、开证明、报名、审核，一千多公里的路来回跑了三趟，历时一个多月，终于走到了最后一关。

所幸的是，前两门成绩都很好，最后一门，即使发挥一般，总成绩也应该胜券在握。

C对自己的面试很满意，我相信也很不错，他的形象和专业都出类拔萃。但是面试成绩出来，惨不忍睹。

结果出来，全是原电视台几个老主持人。C打电话到台里，要求查看面试录像，以及希望知道具体评分规则。台里却说，不方便公开。

C的脾气上来，说，这是向社会公平、公正、公开的招考，凭什么不能公开？我要知道我输在哪儿，我才心服口服。

电视台对C的态度敷衍了事。

后来，C写了举报信到纪委，请求查明此事。两天后，台里的一个办公室主任打电话给他说，小C同志，这肯定有误会，考试都结束了，你中意哪个节目？干脆我们台聘用你吧。C不依不饶，弄得那边十分尴尬。

C最后没有去，但他觉得自己出了这口恶气。

4

脾气不是盲目地愤怒。

比如别人写了一篇文章，你一看完就大骂"鸡汤害人"，可你不知道这是别人的真实经历。

比如，你看到有人杀狗吃狗，大骂"丧心病狂，禽兽不如"，可是你不知道，有的地方一直有这样的习俗，一些人也以此谋生。

比如，别人在朋友圈发个自拍，发表点感触，你的脾气又上来了，心里骂道"晒恩爱，死得快"，"贱人就是矫情"。

你的好脾气总是留给陌生的人，而爱你的家人，多唠叨几句，你就变得很没有耐心。你从来都有脾气，在那些和你八竿子打不着的事上。而在面对专横无赖，面对刁蛮撒泼，即使和你休戚相关，你却选择"多一事不如少一事"的逃避。

余华说，当我们凶狠地面对这个世界时，它就变得温文尔雅。

面对那些真正践踏了你的人格尊严、真正触碰了你做人底线的人和事，你是选择在沉默中灭亡，还是爆发？

学会闭嘴，
是 一种 能力

/

　　在一个饭局上，小A与他人初识，两人推杯换盏，相谈甚欢。

　　散场后彼此留了电话。一段时间后，小A接到电话，是上次喝酒认识的朋友，电话那边说自己出了事儿，请帮忙。一问，是酒驾，对方说，这事儿你一定得帮忙。小A心想：这不是我们支队啊，就算是，这也得依法办事，帮不上忙。他支支吾吾，婉言拒绝。对方挂了电话，后来对小A的朋友说，小A太不义气。

　　微信上有些自己不熟的人，只有一面之缘，感觉聊得来，很自然地加了微信。后来时常收到对方的信息：请到我朋友圈帮我点赞；请帮我女儿投票；我于×月×日在××地举办婚礼，邀请你参加。这不，平时基本没有任何交集，连点赞之交都算不上，一有事儿就想到你了。有人说，这是个讲人脉资源的社会，多交几个朋友，有事儿的时候帮得上忙，其实，大部分没资源的人都是这样想的。

你别怪酒精，也别怨别人，只恨自己当时夸夸其谈，没管好自己的嘴。

2

几个朋友在一起N年，情同兄弟。一次，几个人聚在一起，情到深处，面对条件较差的小C，一个朋友信誓旦旦地说，以后你急需用钱就对我说，我借两万块给你。其他朋友也被这种义气感染，纷纷承诺小C需要用钱时绝对鼎力相助。

一年后，小C做生意需要用钱，他想到朋友们说过的话，便开了口。最终的结果是：除了一个当初没承诺的朋友答应借给他两千块，其余的全部委婉拒绝。理由很多：比如自己刚借出去，为什么不早点开口？自己最近也困难，要花钱装房子；钱存的死期，一时半会儿取不出来。

小C很失望，朋友们也愧疚，关系有了隔阂。每个人都有自己的考虑，只是不该意气用事，没有十足的把握就给人承诺。

3

和别人聊天，好的想分享，坏的想分担。如果总是说自己买了几件奢侈品，说自己的丈夫多有本事，说自己的儿子多有出息，而你有没有想过，别人的处境也许正艰难？

又或许，你一再地抱怨生活，谴责上天的不公，数落人情的冷漠，你一腔苦水倒完了，心情舒畅了，但你有没有想过听者的感受？

我们也时常听到别人说起他人，揭露秘密，或是对他人的所作所为口诛笔伐，并且强调：因为我们的关系，才和你说这些，你要保密。你觉得别人发自肺腑，一腔真诚，于是你也参与评头论足。可你要知道，你说的话一定会传到别人耳朵里，甚至变味。你本来与他人无冤无仇，但是却无意中得罪了人。

所以，面对这样的事，呵呵一笑便是。如果你确实想说话，那就说别人的好，因为好话也会传到别人耳朵里，这比当面赞扬效果更好。

4

听到一个好消息，比如要被提拔，要加薪，合同即将签成，事情基本上是板上钉钉，你抑制不住欣喜，迫不及待地告诉了身边人。但是后来，这事儿并没有成，你后悔自己话说得太满，自个儿打了自个儿的脸。你给予别人希望，又让人失望，别人也觉得你不成熟。应聘求职，或是在一些场合需要表现自己，总是想把身上的闪光点全都抖出来。《奇葩说》里的某一位选手在海选时，不断地说自己硕博连读的学历以及对择业的茫然。这个选手的形象和口才都不错，高晓松却评价说，格局太小，有失清华高才生的身份。

显然，他急于表现自己学富五车，又故作真诚请评委指点迷津，这引起了高晓松的反感。

5

感情并不是只放在心里，更多时候需要言语去表达。但言多必失，祸从口中的道理我们必须谨记。有太多教人表达的技巧，口若悬河、滔滔不绝，但是学会倾听这件事却时常被忽略。

其实和真正的朋友在一起并没有那么多要说的，相识多年，彼此什么样，大家心里有数。没有相逢恨晚，没有意犹未尽，吹过的牛，说错的话，大家只当作笑谈，不深追究。看过生活的残忍和温柔，时间却没有让我们走散，有时候，只是安安静静地坐一会儿，沉默也很自然。

而和陌生的人在一起，懂得基本的礼仪，自然真诚便可，没有感情基础，不知对方秉性，何必急于表达？

学会闭嘴是一种能力，因为很多话只是一时之快，没有太多意义。时间会冲淡喜悦，也会化解忧愁，这一生，我们大部分时间都在与自己相处。

我们用两年的时间学会说话，却要用一生去学会闭嘴。

一个屌丝的
自我 修养

1

在写这篇文章前，我刻意百度了一下"屌丝"的含义，如下：

屌丝，是中国网络文化兴盛后产生的讽刺用语，通常用作称呼"矮矬穷"（与"高富帅"或"白富美"相对）的人。其中"屌丝"最显著的特征是穷，房子、车子对于屌丝来说是遥不可及的梦。

矮矬穷，呵呵，多么一针见血的说法。

2

矮，是没办法的。

身体发肤，受之父母。你也别埋怨父母，他们带你到人间，含辛茹苦抚养你成人，你不知感恩，还埋怨，那你就是没救的屌丝。

话说，人的身高绝大部分都在一米到两米之间，你没有一米八，起码有一米吧？都是一米多的人，有什么好自卑的。

又说，这是看脸的社会。我觉得，看脸有两个意思：一是天生的面容，二是整体的形象。面容是天成，而形象可修饰。

屌丝容易犯这样低级的错误：吃完大蒜和韭菜后不漱口，洗脸不洗耳朵，不修剪鼻毛，不爱打理头发，不勤洗澡、勤剪指甲（男生），白袜子配黑皮鞋，出席正式场合穿着随意，等等。

有屌丝不服了，说，马云、成龙出席国际场合还不是一身便装，我这样穿是见贤思齐，标榜个性。

我说，那习大大还用左手敬礼呢，你不是大人物，所以，在你出人头地之前，遵守最基本的社会规则和社交礼仪是修养的第一步。

当然，没有要求追求名牌，只讲体面。起码的干净清爽，这是对别人的尊重，也是对自己的尊重。

3

矬，指气质，和矮和穷没有关系。

你肯定在地铁、火车站候车厅看到躺在座椅上的人，跟躺在自家床上一样自在。

肆无忌惮地挖鼻孔，上完厕所不冲水，公共场合点支烟，眼不看路闯红灯等，都是屌丝行为。

屌丝还有一个喜好就是凑热闹，围几个人，地上摆一盘残棋或是抽奖，屌丝便停下了脚步，他先是在一旁观望，后来发现"围观群众"纷纷把红色的钞票揣进荷包，便按捺不住要试一把，于是掏出兜里为数不多的钱押上去，结果前几把赢了，后面输得精光。

悻悻地走了，明眼人都知道是圈套，可屌丝输在了智商和贪婪上。

吃盒饭不是屌丝，但要是蹲在地上，吧唧嘴巴，吃后用手往嘴上一抹，那就是屌丝。住廉价的出租房也不是屌丝，但卫生纸、烟头、泡面盒、脏衣服随处乱丢，弄得乱七八糟跟猪窝似的，那就是屌丝，十足的屌丝。

谈个恋爱，带姑娘吃街边小吃不屌丝，但还解释说，真正好吃的都在街头小巷，红酒牛排真没意思，那就是屌丝。

在家和女朋友看电影不屌丝，但永远都不去电影院，还说，没有值得去看的大片，那就是屌丝。《速度与激情》都拍到第七部了，你还狡辩。

屌丝"矬"的原因一部分是对自己经济的不自信，一部分是缘于自己不学无术的无知。所以闲暇时，别老宅在家里，多出去看看外面的世界。

有屌丝反驳，都屌丝了，哪有钱出去？

我想说，郊区半日游也是说走就走的旅行。你都是屌丝了还挑剔？出去呼吸新鲜空气，锻炼一下身体，总比你宅在家打游戏、找种子看日本动作片强。

又有屌丝说，我哪儿也不想去，在家挺好。

可以，把屋子整理干净。出租屋也是你现在的家，这是生活的态度！你在那么一个猪窝似的地方待久了，就培养了你此刻的气质。

看点书，培养一些健康积极的爱好，提升一下自己的气质总是好的。

有时候，琴棋书画胜过烟酒脏话。

4

穷，是经济上的拮据，这是先天和后天原因共同造成的。

其实，生活中的大部分青年与你一样，都出生于普通家庭，相比极少的官二代富二代，我们都穷。

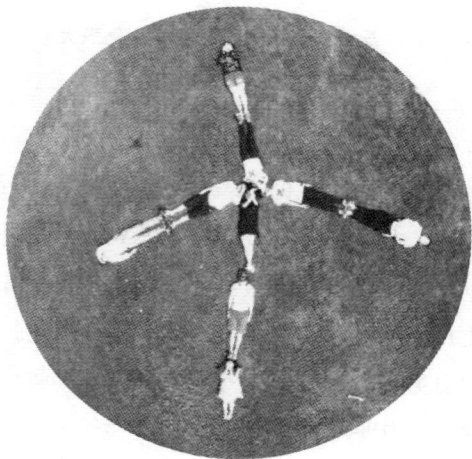

你又怪父母吗？没有就好。

后天的穷也是暂时的，马云不是一生下来就富裕，所以年轻时的你穷，这不是屌丝。相反，嘲笑你的人才是屌丝。

但是整天不思上进，不学无术，奔三的人了还理所当然伸手向家里要生活费，那就是屌丝。

挤公交车不是屌丝，租房子不是屌丝，拿很低的薪水也不是屌丝，但是五年、十年后，你的处境依然如此，那你就得好好反思一下了。

所以，请：

起早一点，至少挤公交车的时候会从容很多。

多做一点，至少不用加班加点，从容地走在时间前面。

吃亏一点，吃亏是福，人脉好是福气。

脸皮厚一点，多吃点闭门羹，内心才会强大。

5

我从来不喜欢成功学，也厌恶各种让你变优秀的文章和演讲。

归根结底，无非是"按行自抑""天道酬勤"的老话。

没有什么遥不可及，房子、车子都会有。但是请记住：

你有七尺之躯，就应该有尊严地活在这个世上。

你是热血男儿，就应该给予爱你的人爱和期望。

你听过很多道理，所以，更要过好此生。

没那么难，
不信 你 试试

做了一件舒心的事。

几天前的冰雹，打碎了屋顶的一些瓦片。屋漏偏逢连夜雨，于是屋子里的住户就遭殃了。

住户是我的租客，房子我得负责，白纸黑字写得清楚。

这事刻不容缓。于是，我好不容易找到了工人，他磨磨蹭蹭地答应了，可是过了两天，还没动静。我问他，他说，腰扭伤了，动不了工。

我去了建材市场，抱歉，没有石棉瓦卖；找到工人，人家说材料他不管，让我自个儿想办法，他只负责安装，600块，一分不少。

我差点就答应了，省得麻烦，但我想再去问问。

后来，大街小巷地走，四处打听，我终于买到了石棉瓦。

顺便又找到一个工人，我亲自上了六楼屋顶看了看，不像之前所说的那么难，只是坏了几块瓦，但是操作有些难度和危险。

我说，我给你打下手，一起做，你开个价？

那师傅报了一个价，我立马答应。

包工包料，200块，省了很多钱。

师傅背来瓦片，我跟着一起爬上屋顶，在中间的隔热层里，蜷缩着身体，将二十斤重的瓦片，慢慢挪移，轻轻掀开头顶的瓦片，腾出空间，小心翼翼地走在屋顶的横梁上，找到漏雨的地方，把新买的瓦片仔细搭好。

安全第一，活儿做得很慢，十分钟便满头大汗，衣服全被弄脏。

差不多两个小时后，所有的工作结束。

租客很感谢，倒了两大碗凉水，我与师傅咕咚地喝着，心里轻松踏实。

我从没想过会亲自上屋顶干这活儿，因为这活儿脏、累、危险。

可我还是硬着头皮干了，也没觉得有想象的难，关键是租客满意了，压在心里的事解决了，也省了不少钱。

2

对未知的、麻烦的，我总是想得到别人的帮助，花钱我也愿意。

这是一种"趋利避害""避重就轻"的本能。

比如我在电子产品方面就是个白痴，设置路由器都恨不得找人上门服务。

对体力活也是没有耐心，扛袋大米上楼，都想找人帮忙。

我是个七尺男儿，怎么就不像个爷们儿？

有一次买了个电炉，人家送货到楼下，没搬运的师傅。四处找也没找到人，于是我硬着头皮把100斤重的家伙搬上了六楼，大汗淋漓，但很有成就感。

还有一次搬家，搬家公司出价太高，我索性找了两个师傅，租了一辆小货车，自己参与体力活。

几个小时弄完，省了好几百块钱。

有一次急着用电脑，路由器却出现了故障，我差点就跑去网吧了，后来自己边打电话咨询边慢慢研究，居然弄好了。

后来发现，其实好多事没那么难，而自己是完全可以做的，只是因为懒成了习惯。

3

我在琴行里做过吉他老师。

经常有人来咨询吉他，先让我弹点曲子听听。

听了后，兴趣盎然。

后来，自己试试。哎呀，手指按在琴弦上太难了，算了，学钢琴吧。

好吧，我的生意又泡汤了。

其实，学每一样乐器都不容易，万事开头难，但坚持下来就好了，可是很多人却因为怕"难"而拒绝开始。

到今天为止，还有一些同学告诉我想学吉他，但是因为"难"，迟迟没有行动。

很多年前，他们就对我说过，如果早开始动手，现在已经会自弹自唱了。

也有朋友私信我，自己也想写文章，但总是难以下笔，怕写不好，有什么写作技巧没有？

没有，先下笔吧。

其实，除了上学时课堂上的作文，我也才正儿八经地写了一年，我成了一家网站的签约作者，也签了一本书。

我上的不是中文系，我只是想，先去做，没你想象的那么难。

4

"我不会啊！"一脸无奈，一副渴求帮助的表情。

这种人，生活中并不少见。

是让你研究宇宙飞船吗？是让你破解哥德巴赫猜想吗？都不是。

你可以把韩剧错综复杂的人物关系梳理清楚，可以把麻将打得滚瓜烂熟，可以花一整天玩游戏不觉得疲惫。

所以，你是个聪明而又耐性的人。

只是，你懒，你怕。

从没有一个人会因为自己会的东西多而痛苦。

王小波说，人的一切痛苦，本质上都是对自己无能的愤怒。

无能，大多数时候是自己怕难而不敢尝试。

据说，人的大脑大部分未被开发，潜能无限。而我们绝大部分人智商正常，肢体健全，所以，我们没有理由给"难"找太多理由。

没有人天生就会，但我们有学习的能力和时间。

John Lennon二十七岁才开始学钢琴，村上春树二十九岁才开始写作，所以，只要开始，一切都不晚。

"困难像弹簧，你弱它就强。"从小听到的一句话，长大后，方知深刻有理。

所以，别怕难，我学会上房顶盖瓦片了，你也可以学一样技能。

因为，艺多不压身。

因为，可以更从容地面对生活。

总有一件事
会 让你 成长

/

　　初见洋洋，是在一家酒馆，老板介绍认识，说你们可以一起交流。

　　于是，我们侃侃而谈，从民谣到布鲁斯，从朋克到金属，基本上没有他不知道的。

　　那个夏天百般无聊，我们厮混在一起，喝酒，谈音乐和梦想。

　　有一次接到商演，我说，洋洋，咱们得出去挣点酒钱。他说好。

　　约好排练的时间和地点，洋洋背着贝斯赶来，他没带琴盒，把琴背在肩上，大摇大摆地走在大街上。

　　第一首歌是Coldplay的yellow，洋洋开唱，他的唱腔很有特色，但英文发音不标准。他说，谁会认真听啊？他的贝斯响起，基本上也是在即兴乱弹。

怎么评价洋洋？他是个有想法、有气质、有感觉的贝斯，但是技术粗糙，基本功不牢。你会为他担心，生怕他没有用心扒歌，生怕排练时他会迟到，生怕演出时他会乱弹。

一个月的商演完了，我们再也没有合作过。

有一天洋洋请我喝酒，他说他要去成都。

我说，支持梦想！但你得好好练练琴。洋洋说，音乐玩的是感觉，老徐，你有时候就是太死板了。我说，是的，要感觉，但是技术是基本的，别一首歌都唱完了你还没找到调。洋洋受国内外牛×乐手的影响，特立独行，范儿十足，但台上一分钟、台下十年功的道理他却不管。

我们进行了激烈争论，最终不欢而散。

洋洋在成都组建了乐队，追求自己想要的生活，摸爬滚打到小酒馆演出。

有一次他打电话给我，声讨一个老外贝斯手。

原来，他们同在一个场子，那人看不惯洋洋琴技不如人又爱装×的模样，三番五次挑衅他。

我说，你活该，你有本事超过别人啊！

洋洋沮丧地挂了电话。

两年后，我在迷笛音乐节的演出名单上看到了他乐队的名字。

后来洋洋说，他确实没别人弹得好，音乐也不完全靠感觉。而技术真他妈就得下功夫苦练，他每天练八个小时，音阶、节奏、和声，风雨无阻。

这就是舞台，观众花了钱就必须演好，机会平等，谁有实力谁就有话语权。他曾自卑和懊恼，但这反倒成了他悬梁刺股的动力。

在诸多优秀的乐队中，洋洋的技术称不上出类拔萃，但是这一两年来，他的进步如此明显，甚至是蜕变，这其中下的决心和努力恐怕只有他自己知道。

2

老三发微信给我说，你准备吃的，我带酒过来。

我说好。

三个月没见了，我们只是在微信上互动，知道他在减肥。

老三来了，整个人很明显瘦了一大圈，他说从170斤减到了140斤。

他穿着有质感的黑色呢子大衣，里面是整齐的衬衫，头发干净有型。

半年前，老三结束了一次短暂的恋爱，姑娘离他而去，丝毫没有留恋。

大学毕业后，老三在电视台实习，他是个貌不出众的胖子，从县城到省城，浑身的不自信。

他说话时偶尔会结巴，吃肉凶狠，喝碳酸饮料，再响亮地打嗝，从不运动，衣着随意不讲究，十足的屌丝模样。

老三在单位里默默做事，丝毫不起眼。他时而发点牢骚，

/ 078 /

不懂人情世故，被领导知道后，吃了不少亏。

下班后大部分时间他都待在家弹琴，玩游戏。

好在老三业务扎实，感觉也好，一步步走过来，转正，稳定了工作。

老三本以为他的爱情也会开花结果，但是姑娘爱憎分明，走得干脆。老三很不解，说，我那么爱她，她为什么会这样对我？

老三借酒浇愁，万分沮丧。

我说，你吉他弹得那么好，会写歌编曲，会音乐制作，为什么不在工作上展现出来？

你曾在朋友圈多次说过要减肥，不想再做胖子了，你做到了吗？

你怕出错，怕别人笑话你，你觉得别人看不起你，你自己有没有去改变过？

后来，老三在自己的大腿上文了一匹马，他说从今以后，改变自己，以梦为马。

三个月后的老三让人耳目一新，安静喝酒，小声说话，原本饭量很大、无肉不欢的他只吃了一小碗。

他告诉我，他写的歌被用作台歌，受到领导和同事的认可。他拍的微电影参加市里的比赛得了一等奖，他现在带头做市公安局反恐的宣传片。

他拿吉他弹奏自己写的曲子，说三年后自己想出一张指弹吉他专辑。

3

这是两个关于成长的故事。

我想，成长肯定是要刻骨铭心地历经一件事，而不是看一篇文或是听一席话，就恍然大悟的道理。

成长是成熟和长大。

成长是见识了生活的残酷，受了艰难和挫折，自信心和自尊心被践踏得一塌糊涂后，猛然为自己的懒惰、无知感到羞愧和愤怒。

那是自己的才华支撑不了梦想，是自己再不努力就将被埋没的压迫。

于是，聪明的你迫不及待地想要改变，想要走出尴尬和困境。

于是，你吃过再多的苦、受过再多累都觉得理所当然，并乐在其中，因为你相信：坚持下去就会有希望，坚持下去，就是对的。

人就是这样成长的，有时候，只是一件事情。

我们都
不及 以往 纯粹

/

几年前，小十字一个酒吧，一支地下乐队演出，门票三十块。

和我一同的老二站在最前面，摇摆身体和头发。

演出开始没多久，便接二连三地断电，大家扫兴地骂娘。酒吧老板不慌不忙地检查线路，他是个四十岁左右的中年人，年轻时是个很牛×的鼓手，后来年纪大了没了愤怒，一头短发，不急不躁。

乐队鼓手走到门口，我递给他一支烟，和他聊了起来。

他有些失落，上一站的南宁都挺热闹，而贵阳的观众实在太少，这一路车马劳顿，收益寥寥。

演出完，合影留念，告别。

酒吧的老板售三十块一瓶的啤酒，这个晚上收入1000元左右，和乐队的收入差不多。他这个月的房租应该能挣着，而乐队肯定会赔本。

观众不吃亏，音乐和酒精让他们快乐。

音乐和商业结合起来是件悲伤的事，尤其是这样非主流的金属乐队。练琴和排练几乎耗掉整个青春，乐器不菲，而收入少得可怜。

老二和我都是青涩的少年，我们对音乐充满了无限的热爱。演出结束，月明星稀，我们讨论着演奏的技巧和风格，步履轻盈，穿过安静凉爽的街道，回到大学寝室。

2

我们常去酒吧排练，我们决定，乐队要上一次迷笛，要发一张EP，青春才算无悔。

于是，整个大学期间，我们听很多音乐，很少谈恋爱，将大部分时间都花在弹琴和排练上，参加比赛和演出，总觉得自己做着这辈子最崇高的事。

毕业了，大家约定，还是要坚持。接廉价的商演，在劣质的酒吧跑场，除了理想，一无所有。

后来酒吧关闭了，听说是因为玩人体悬挂，唱敏感的政治歌曲。老板也从此销声匿迹。

然而在现实面前，我们疲惫不堪，我们开始质疑梦想的纯粹和光荣，于是总有那么多的理由让人心不可团聚，让意志不再坚定。

后来，大家作鸟兽散，回家，改行，彻底告别了乐队和梦想。

城市那么小，那些曾与我一道出现在酒吧的朋友也好像纷纷消失，竟从未再见。

3

前段时间，我说，咱们抓住青春的尾巴，好好写几首歌，好好排练。老二好像被我的激情点燃，说，好，我就等这一天！然而谈到具体的排练，大家都不再说话。

老二做销售和业务，背着房贷，准备结婚。我的工作琐碎繁杂，下班回家，买菜做饭。回想起来，那些以往的激情仿佛离我们远去了。而那种幸福是我们背着沉重的乐器，招摇地走过大街，不觉疲惫；是酒吧阴暗和潮湿，吉他、贝斯和架子鼓震耳欲聋，我们深陷其中又无法自拔的快乐。

我常想，假如当初我们坚持，如今是不是不会那么遗憾？

剪短了头发，我的吉他在琴带里沉默了很久，我的指尖变得细皮嫩肉。

老二变成了胖子，再也不能背着琴在舞台上像个疯子一样跳跃。

偶尔喝了酒，我们便坐在一起弹十二小节的布鲁斯。老二叼着烟，眯着眼睛，用脚在地上狠狠地打着拍子。

只是，我们都不及以往纯粹。

这样的男人，
不值得 你托付 终身

A君刚和男友在一起时，觉得男友心思细腻，懂得关心人。但后来A君发现，男友的关心有些过了头。

有时候A君忙，有一个电话没有接到，男友就一个劲儿地打，直到打通，然后气得情绪失控。A君给他解释，说正在忙。男友说，忙不是借口，我必须时刻打通你的电话，因为我太爱你，太在乎你。

A君觉得可以理解。但是男友对她的朋友圈也极其关心，你在哪儿？和谁一起？什么时候才回家？非得打破沙锅问到底才肯罢休。如果有一次电话未打通，有一件事没说清楚，他就会不依不饶地责怪A君很久。

男友也会打电话吵醒睡梦中的A君，神经质地问很多奇怪的问题，直到A君信誓旦旦地说很多次爱他后才肯挂电话。

男友在单亲家庭长大，A君认为这种占有欲极强且极度没有安全感正是因此导致。她尝试去理解和关怀，去交流和沟通，但男友总是以爱的名义反驳她。时间久了，A君感到很压抑。

有一次，她实在忍无可忍，向他提出了分手。男友沉默很久说，出来谈谈。他俩在一家咖啡厅见面，A君说明了自己的意图。男友顿时拿着咖啡勺往自己的手腕上狠狠地割，鲜血淋漓，边割边视死如归地看着A君。她吓坏了，赶忙阻止他，说再也不会分手了。

男友说，以后你再说这样的话，我就去死。

A君畏惧他再做出极端的事来，但又觉得这是男友太爱她的表现，才答应不分手。

就这样耗着，爱情变成了同情与折磨。

这次以后，男友极端的性格暴露无遗。他对A君的占有欲越来越强烈，甚至近乎疯狂。他时刻都要知道A君的下落，总以为A君要移情别恋，弃他而去。对A君的朋友，尤其是男性朋友更是各种否定，怀恨在心。稍有不如意，他便情绪失控，要死要活。

A君受够了，决定不管怎样，必须分手。那天在车上，两人又因为一些小事争吵起来。

A君再次提出了分手。

男友把车门紧锁，开着车一路乱撞，撞翻了环城河的护栏，掉进了河里。两人同归于尽，死于非命。

B君和男友是大学同学，男友相貌平平。B君之所以和他在一起，是觉得这样的男人相比外表出众的应该会更踏实。

毕业后，两人租了个小单间，开始四处求职。一开始男友信心满满，但眼高手低，四处碰壁，好不容易找到的工作，却上了三个月的班就打算辞职。

男友对B君说，自己要考公务员。B君说好，我支持你。

于是男友辞职后在家复习准备考试，而B君上班养家糊口。

B君七点起床上班，男友通常要睡到十一点，慢腾腾起床看一会儿书，玩一会儿游戏，上一会儿网。就是这样，考了两年都未考上。B君提醒他认真点，男友说，你是不是觉得我让你很失望？如果是的话，我没什么好说。

B君说，不是的。

有时候B君觉得自己真的很辛苦，但她认为，一个女人该为爱情付出。

第三年，她劝男友真了一个普通的乡镇职位，后来男友终于考上了。B君也真心为他高兴。

男友下班回来后，基本不做什么家务，沉迷于网络的时间多于两人的交流时间。B君很生气，男友说，你知道在国家单位上班压力很大，需要放松。

好吧，也许他真的太累。

男友的手机是他绝对的隐私，B君没有偷看别人手机的习惯，但是看到男友拿着手机，与别人聊得忘我的表情，心里总是很不舒服。她忍着脾气和他沟通，男友却理直气壮地说，每个人都有自己的空间，我不会干预你，你也别干预我。

在一起几年了，情人节，圣诞节……他从没有为B君准备过一份礼物，他记不清B君的生日，也没有正儿八经地和B君谈过未来。

就这样过着，B君承受过的所有艰难，似乎都不值得怜惜和感恩。B君所有的付出，似乎都是老夫老妻的理所当然。

iPhone 6上市的时候，男友很坦然地用自己一个月的工资为自己买了一部。而B君的手机从大学一直用到现在。他从没有关心过房租水电、柴米油盐，而对自己，却从不吝啬。

3

C君的男友家境贫困，但头脑聪明，很有抱负。C君相信，男友总有出人头地那一天。

男友早出晚归，努力工作，一年后便当上了某个部门的经理。他觉得，自己既然掌握了资源，为何还要给别人打工？于是他将公司的客户资源偷偷挖走，转手打包与其他公司合作，打算坐享其成。

然而，事成之后，合作的公司却翻脸不认人，男友也被以前的公司开除。他不甘心，对C君说，自己也要开公司，但家境困难，希望C君能一起想办法。C君的家庭也不富裕，但是想到支持男友的事业，还是拉下脸问家里借了三万块。公司成立了，男友的事业也慢慢有了起色。C君也看到了希望。

男友说，想把父母接过来一起住，因为自己的哥哥常年吸毒，父母需要安稳和照顾。C君点头答应。

父母加上男友哥哥的儿子，一共五口人挤在40平方米的房子里。C君说，我想有个稳定的家。男友说，别着急，等我再挣一点钱，一定风风光光地娶你。

男友聪明，但有时候太投机取巧，急于求成。经济危机那年，公司亏得很惨。

然而这并不是最糟糕的，男友的父母没有工作，一家人的重担全部落在了C君身上。男友吸毒的哥哥时常向男友开口借钱，通常有借无还。C君在几家公司兼职，筋疲力竭。

男友的公司还是倒闭了，他又开始寻找新的出路。而C君还是对他抱着希望，尽管生活那么艰难。

男友跟着朋友去做工程，还算顺利，一年后存了三十多万。C君对男友说，我们稳定下来吧，我真的好累。男友说，我还是想等再赚多些钱再买房，趁年轻就该努力奋斗。

C君和男友扯了结婚证，没有办婚礼。

她想，再等等，总会好起来。

几个月后，男友的工地上发生安全事故，挣的钱全部赔了进去。

和他在一起五年了，C君欲哭无泪。

4

最后的话：

姑娘，那些艰难与委屈，其实很大部分都是缘于你自己。

你把爱情想得太美好，你用漫长的时间去笃信，给予他爱与温存，却从未得到过真正的安宁。

你的软弱和妥协成就了他的狭隘自私、贪婪和自大。

其实爱与不爱，在时间面前，那么清晰明了。

而你，却想倾其所有，托付终身。

有的坚持，
没有 必要

　　听过太多关于"坚持"的道理，好像所有的"失败"都是因为没有坚持下去。

　　一幅漫画：图片上，再挥舞几下锄头，清冽的井水便会涌泉相报，而这个口渴的人却放下锄头，灰心丧气地离开了。

　　这看似很有道理，再坚持一会儿，我们就成功了。我们看到了井水，它客观地存在，而对于掘井的人，这是未知。如果图片上没有水，再挖掘几天几夜也是徒劳，谁能保证，坚持下去就会成功？

／

　　去年的某天，有人在天桥下摆地摊，我走近发现，是一个中年女人在卖书。

　　地摊上有夫妇二人游历各个城市摆摊卖书的照片。女人说，看看吧，我丈夫自己写的书，不买也没关系。我蹲下身翻了翻，有诗歌和散文两类，封皮简单，纸质粗糙，显然是自己掏钱印制的。我问了问价钱，不算便宜。又问，您丈夫没有与您一起吗？女人说，他今天没有来。

此时已是晚上十点，那个女人满面风霜。像我这样蹲下来翻书的人几乎没有，我掏钱各买了一本。

我很想看看带着妻子周游全国、靠卖书维持生计的作家的作品，同时，也对这样充满诗意的方式表示好奇与尊重。

回家后我很期待地翻了翻，书中，作者讲述了自己关于梦想的坚持：年轻时，不顾母亲的反对，离家出走，去杂志社应聘被拒绝，投靠某位名人却无果，身无分文，走投无路，多次向母亲、朋友求助，偷偷拿走朋友的皮鞋，坐火车逃票……各种艰难困苦，只为了坚持所谓的作家梦想。

作者认为，这种经历虽然悲苦，然而被套上梦想的光环，一切都光荣而神圣。

再看看作品本身，实事求是地说，散文和诗歌都是很一般的水平。

我想，这也是他多年浪迹天涯的原因。

2

朋友开了个英式下午茶店，在最繁华的地段。

转让费很高，房租很高，装修的费用也很高。但他和妻子去了很多地方考察，认为这个城市缺乏这样的店，所谓的商机是先人一步，做别人还没做的。

两个月的折腾，新店出炉。一进门，几名服务员齐声恭迎，实木地板，精致的桌椅摆设，进口咖啡机和原料……一看就知道花了大价钱。

刚开始座无虚席，生意不错，朋友踌躇满志。后来的两个月，生意大不如从前，勉强够支出。朋友分析了一下原因：产品定价略高，服务员太多，店里太封闭，私密空间不够……于是，他做了相应的调整。

朋友认为，万事开头难，再坚持一下就会慢慢好起来。他依旧每天按时营业，把店收拾得干净整洁。

那些带着咖啡豆和茶的供应商找上门来，请求更换产品，说，产品是王道。朋友信以为真，更换了产品。而一直清高的他也开始提着外卖箱往附近的写字楼送产品。

半年后，店入不敷出。此刻，他要准备结婚和装修房子，每个月几万块的房租，让他很是着急。而店的硬性条件不足，以及好的营销方式一直没有找到。

坚持变得困难，后来，他把店转手了。

虽然亏了一些钱，但他却觉得自己如释重负。

3

一个女性朋友在微信上和我聊天。

她对男朋友的劈腿深恶痛绝，口诛笔伐。

"我和他谈了五年，所有的青春都付给了他，而他这样对我。"

"为了在一起，我放弃了去上海的机会，想方设法调过来和他在一起。"

"在他困难的时候，我从来没有吝惜给他的帮助，他的衣服、鞋、袜子都是我给他买。"

"为什么我一直坚持，而他不会？"

……

感情的问题，若是只听一面之词，便成了"罗生门"，我不做评判。她的男朋友是我哥们儿，我基本上知道他们之间的事情。

我只是安慰她：第一，你用五年时间，看明白了一个人到底适不适合你；第二，感情的事没有对错，两个人都付出过，去迎接新的生活吧。

失恋是一件悲伤的小事。它的悲伤在于：物是人非事事休，失去了习以为常的情感依赖。它的小在于：时间会冲淡伤痛，未来会大步地朝你走来。世间但见新人笑，哪闻旧人哭。

有的感情不是"坚持"二字就能开花结果，它需要心照不宣的默契，需要心甘情愿的付出，而不是你我负债，相互伤害，彼此折磨。

4

坚持，不是自私的义无反顾，不是盲目的锲而不舍。最起码，生活有所保障，有饭吃，有衣穿，有关爱他人的勇气，有在乎他人的胸怀。

　　放弃，也不是自甘堕落，停滞不前，只是有些路并不适合自己，则没有必要走下去。"进"和"退"都是生活的哲学，都需要勇气。有的东西，看似得到，但自己却在不知不觉地失去；有的东西，看似失去，但是生活总会想方设法地补偿你。

　　我鄙视那种对周围的人与事漠不关心、麻木不仁的"梦想家"。他们认为"坚持"天经地义。而为了梦想长时间地辜负身边的人，这样的坚持未免太自私和残忍。

　　因为，你的生命只有一次，你的父母需要你照顾，爱人需要你呵护，朋友需要你关怀，生活需要你经营。

　　这个世界大而精彩，少一份坚持，它依然如故。

　　而你，给过自己时间，所以，不管成与不成，都得认账。

We

are

young

,

lonely

and

helpless

姑娘，我想和你谈谈爱情

第三章

爱你是
孤单 的 心事

爱你是孤单的心事，是内心深处最卑微的秘密，只是会在一个不经意的瞬间，放任它疯狂生长，然后又迅速掩藏，妥善安放。

　　——题记

/

大巴车开得很慢，一路经过小镇和村落，经过河流和原野，油菜花开得正好，大片的金黄。

车窗上映出唐素的脸，那是一张白皙小巧的脸，一头浓密乌黑的发，一双如湖泊般烟雨迷蒙离的眼。

唐素看着窗外，带着甜蜜又忧伤的心事。

她要去这个阔别已久的城市参加朋友的婚礼。

一个月前，她接到大学室友金金结婚邀请的电话。

走的前一天，她将衣物和床单清洗干净，晾晒在楼顶。葡萄架上的藤蔓吐出嫩绿的叶子，在夏天，就会结出水晶般的果实。两只大白鹅憨态可掬，卿卿我我。楼下的洋槐树抽出嫩芽，结出花骨朵，一切都充满希望。

唐素忙完，给自己倒了一杯白开水，风吹拂她的头发，她懒懒地坐在凳子上，仰起头看远方的云。

一个月以来，她想到这个熟悉又陌生的城市，那些往事记忆犹新，她平静的心荡起涟漪。

2

"快起来趁热吃吧。"

"嗯。"

这是个周末，她在街上给丈夫买了牛肉粉，丈夫在床上哼了一声，呼噜声又想起。

唐素换上自己觉得最满意的衣服，坐在梳妆台前精心打扮自己，她始终不满意自己的打扮，多年来，她一直素面朝天，都忘记了怎样去装扮自己。

……

五年前，她大学毕业，回到了小镇，当了小学老师，嫁给了当公务员的丈夫。

生活很平静，她和丈夫的工作也稳定，丈夫的应酬多，时常醉得不省人事。

唐素习惯了这种平静的生活，但这么多年来，唐素一直揣着一份不可告人的心事。

四个小时后到了省城，参加完金金的婚礼便匆匆告别，她一个人走在曾经的路上，回忆起她和他的往事：

街两旁是绿油油的梧桐树，她坐在他的摩托车上，抬头看天上的云，呵呵地笑。

她看他演出，嘈杂喧嚣的音乐并没有让她反感，她喜欢他弹琴的模样，修长的手指在琴弦上游走，像蝴蝶般轻盈。

她知道他喜欢的吉他，她省吃俭用，做了几份兼职存钱买给了他。

他跑场的酒吧关门，他失业了，在家喝酒消沉，她很严肃地说，我养你。

他很晚的时候才回家，琴盒里全是零钱。

她生日，他给她买了一块很贵的表，他说，我想到要给你一个好东西，我就觉得幸福无比。

她独自走在那些熟悉的地方，仿佛那些事就发生在昨天。

她最终还是没有和他在一起。

她不怨自己的抉择，她觉得爱情不是在最好的时间遇到最好的人，爱情也不是奋不顾身就能两厢厮守。

但她相信，她曾见过爱情，即使是转瞬即逝，她也坚定不移地相信。

3

"你好！一个人吗？"

"嗯。"

这个城市什么都变了，或者说什么都没有变。她走进了这个曾经最熟悉的咖啡馆。

她仔细地打量周围，真好，熟悉的感觉和味道。

"好久不见！"店主说。

"你认识我？"唐素很是诧异。

"不认识，但是我记得你来过，是很久很久以前了。"

"谢谢你，我叫唐素。"

还有人记得自己，真是让人温暖。

……

"续杯可以半价，为什么要点两杯呢？"店主说。

"呵呵。"唐素有些尴尬。

唐素觉得，所有与他相关的记忆都在这里得到抚慰。

4

在这个咖啡馆，他曾经坐在唐素的对面。

他说，这个城市那么大，酒吧那么吵，街上的人那么多，而唐素你那么安静。

他说，唐素，你拥护我的梦想如同你自己的一样，而我所有的喜怒哀乐都与你有关。

他说，假如有一天唐素走丢了，我就在这里等她。

而她觉得自己是真的走丢了，或者是他走丢了，又或者是大家都走丢了。

毕业后，一家唱片公司看中了他，他满心欢喜地拉着唐素，要唐素和他一起走。

　　唐素说不。

　　她哭得稀里哗啦。他也哭得稀里哗啦。

　　唐素何尝不想跟他一起？只是父母极力反对，在他们眼里，唐素一直是个乖孩子，留在他们身边，有一份稳定工作才是正经事。

　　唐素删掉了他的联系方式，改头换面似的生活。

　　唐素并不怨恨谁，她知道父母逐渐衰老，她也知道他才华横溢。

　　"你好，咖啡好了。"服务员端上了咖啡。

　　"谢谢！"

　　……

　　唐素曾在电视上看到过他，在一个很出名的选秀节目中，他在一个角落里弹吉他。

　　"呃……那位先生……前段时间也来过。"店主说。

　　"哦。"

　　"嗯，是来过，也是坐在这个位置，也是点了两杯咖啡。"

　　"哦。"

5

　　唐素点点头，她喝了一口咖啡，看着窗外湛蓝的天。

电话响起。

"妈妈，你什么时候回来？我好想你啊！"

"妈妈也想你，宝宝。"

……

听到女儿稚嫩的声音，唐素的心一下就柔软起来。

小镇是她的家，是生她养她的地方，有她小时候的房屋和街道，有平静的生活和温暖的家。

她坐着，看手上的秒针静静转动，看窗外的云缓缓游走，看一辆辆车慢慢驶过。

她曾无数次幻想过与他相逢的场景，她一定要注视他的脸，一句话都不说，用尽全身气力地看很久。

对，只是看看而已。

爱你是孤单的心事，是内心深处最卑微的秘密，只是会在一个不经意的瞬间，放任它疯狂滋长，然后又迅速掩藏，妥善安放。

咖啡喝完了，她埋单，推门离开。

"再见，唐素小姐。"

傻瓜，
我 爱 你

/

好像除了做咖啡和弹吉他，我什么都不会。

宋晓来的时候，是一个有阳光的午后，她停好车，清清爽爽地走来。我站在店门口，笑呵呵地看着她。

她在靠窗的桌前坐下，我给她倒了一杯水，在吧台认真地做一杯咖啡。

她点燃一支烟，平静地看着窗外人来人往。

这是她第一次来我的咖啡馆，我之前发短信给她，希望她有时间过来坐坐。而对于她的光临，我受宠若惊。

我喜欢她今天的装扮，牛仔裤、运动鞋、头发捆成马尾，像个大学生。

我是在一个酒会上认识她的。一群人端着红酒杯相互攀谈，她却一个人隐蔽在角落。"你好，我能坐这里吗？"我端着酒杯过去。她冷漠地看了我一眼。

总之，我还是厚着脸皮坐下，和她无关痛痒地聊了几句。

这是个美丽高冷的女人，我没有半点抵抗力。

后来，她告辞，我送她到楼下，在电梯里问她的号码，她看了我一眼，拿过我的手机输了一串数字，拨通，给我。

她走到门口，一个戴着白手套的中年司机为她打开了车门，一辆豪车从我面前骄傲地离开。

后来听人说，她是××公司老总，是知名企业家××的女儿，未婚，追求她的人可以绕这个城市一圈。

2

我把咖啡端上来，空气中弥漫着香气。

"新来的豆子，尝尝！"我说。

"谢谢！"

"生意怎么样？"她问。

"马马虎虎。"

我们抽烟，喝咖啡，有一句没一句地聊着，咖啡馆没有生意，音响里Billie Holiday的声音像是从一个遥远的时代而来。

这种遥远如同坐在我面前的她。我贪婪又细心地打量着这个女人，尽管她穿得清爽简单，很显年轻，但在她面前，我毫无底气。

因为我自卑地喜欢她。

这个想法有些大胆，但又合乎情理。女神谁不喜欢？

"弹一首歌来听听？"她看到角落里的吉他。

"好啊！"

当时《董小姐》正火，我拨动琴弦：

宋小姐

你熄灭了烟 说起从前

你说前半生 就这样吧

还有明天

……

我故意唱成"宋小姐"，她将咖啡趁热喝完，端着水杯安静地听。

……

3

我告诉陈雯，我喜欢上了一个女人。

"说给我听听！"她正在吧台里为我洗杯子，头也不抬地说。

我将宋晓的事对她一一道来。

"哟，你又耐不住寂寞了？"

"雯儿，这次哥们儿是认真的。"我说。

"得了，你就别癞蛤蟆想吃天鹅肉了。"她笑着说。

"你不懂！"我抵触地说。

陈雯是我大学同学，我的好"哥们儿"，之所以合拍，是因为喜欢很多相同的东西，乐队、音乐、书、电影等。我曾说，雯儿，你要是前凸后翘点，有女人味儿点，我肯定会爱上你。

滚！她说。

大学毕业了，我在这个城市开了一家小咖啡馆，她在这个城市的一家公司上班。我问她，怎么不回北方？她说，家里有哥哥在，父母对她也不依恋，先待一段时间再说吧，反正南方山清水秀，养人。

就这样，偶尔她会过来帮帮我的忙。

"你喜欢就去追吧，不过我觉得这样的女人你驾驭不了。"她停下手中的活儿，坐到我面前。

"为什么？"

"人家有钱，又漂亮，你有什么？"

"我一穷二白，唯有一腔孤勇和爱！"我打趣道。

"你有病！"

"正儿八经的，雯儿，你说她会喜欢我吗？"我很认真地问。

"不会。"她摇摇头，狡黠地说。

"无趣！"

4

我偶尔用短信与宋晓联系。

她很忙，忙到忘记回我的信息。

所以，我会感觉自己像失恋一样沮丧。也许，是我有些自不量力了，是的，人家有钱又漂亮，怎么可能看上我？

我当然不是看上人家的钱，我一大老爷们儿视金钱如粪土。这种失落感，意味着自己要去面对自己的穷，面对自尊受到现实的撕裂和摧残。

都快一个月了，我发了三次短信给她，她都没有回我。

得了，估计是把我忘记了。

"瞧你那点出息！"陈雯摇着头说。

"唉，我想多了，太自不量力了。"我有些难过地说。

"不准你看不起自己，你的咖啡做得那么好，吉他也弹得那么棒，人又那么帅，那么多姑娘排队喜欢你呢！"

"骗我没有？"

"骗你是狗！"陈雯一本正经地说。

"哈哈！你就是狗！"

日子就这样过着，有一次，一个知名乐队选拔的活动在这个城市举办，我和兄弟们摩拳擦掌。

"必须参加！那么好的机会！"陈雯知道后，对我大力支持。

"可是没时间排练啊，这店把我困着。"

"我来给你看店！"她说。

"你不上班了？"我问。

"那公司也没什么意思，辞职算了，等你回来，我重新找个公司得了。"她轻描淡写地说。

"不行，我不能把你害了！"我说。

"别他妈磨磨唧唧，像个娘们儿！去！！"

我知道陈雯的性格，这个看起来乖巧文静的丫头骨子里倔强无比。

我感动得差点泪流满面，好哥们儿！

5

于是，我和兄弟们开始排练写歌，无比认真地对待这件事。

我们顺利地进入了初赛、复赛。一天，陈雯给我打电话："宋晓来找你了。"

"她，她说什么没？"我放下手中的吉他。

"没什么，就是问问你，我就说，你比赛去了。"

"还有呢？"

"她问我是谁，我说，我是你女朋友！"她说。

"我靠，你开什么玩笑，怎么这么说？"我有些责备。

电话里，突然一阵沉默。

"喂？喂？你哑巴了？"我问。

……

"我骗你的，我说我是店里的服务员。"她的声音很低落。

"我靠，你这臭丫头，犯得着这样说吗？你说是我哥们儿啊！"

"行了，你好好排练吧！"

宋晓给我发短信，说，前段时间太忙，有很多事要处理。她问我最近好不。

我说，好，就是有点想你。

她回，我也是。

爱情好像快要到来，我把所有美好的冲动写在歌里，用在弹琴的手上，仿佛有了无穷的动力和热情。

乐队披荆斩棘地进入了全省总决赛，成功地突围，参加西南地区总决赛。

我很兴奋，很幸福，感谢陈雯为我看店，感谢宋晓给我灵感。

在去成都比赛前，我在咖啡馆办了一次不插电音乐会，座无虚席。

宋晓也来了，她坐在一个角落里，而我的注意力只在她身上。

我拿着吉他说，这首歌，是写给一个姑娘的，她就坐在你们当中。

全场鼓掌，气氛热烈。大家面面相觑，都在想是谁，而我看到宋晓的时候，她也正看着我，我们的眼里都有光。

音乐会结束，送走客人，我把吧台洗杯子的陈雯拉出来，把营业款全部放在桌上，请陈雯帮我清点，她太累了，满脸是汗。

"辛苦了，雯儿！"我接过她手中的活儿。

"1325块钱！"她仔细清点完，告诉我。

"全部给你！"我说。

"干什么？"

"反正都给你，你辛苦了。"我说。

"切！谁稀罕你的，我帮你是为了钱？"

"当然不是！反正你拿着吧！我求你了行不？"

"好吧，帮你存起来，留着交下个月房租。"她笑呵呵地说。

"对了，今天那首歌是写给她的？"她问。

"对！"我说。

"好听。"她说。

我看到她的眼里有些落寞，尽管她装得若无其事。

6

宋晓开着车送我们到机场。

"等你好成绩！"她说。

我拥抱了她，她很香，是第一次我遇见她时的香。

到了成都，我给陈雯打电话："我到了，妞！"

"哦，放松心态，尽力而为！"

"我知道，辛苦你啦！"

"哪来这么多废话，行了，来客人了，先忙了哈……"

高强度的排练，漫长的等待，比赛终于结束。

高手如云，虽然我们没有进全国总决赛，但是成绩还是不错，大家都竭尽全力了，无怨无悔。

媒体关注我们，也有唱片公司和我们谈合作的事。

回来后，本地的媒体报道了我们。

"有什么打算？"宋晓问我。

"继续开店呗。"我说。

"我一个朋友在北京一家唱片公司，我希望你能去北京发展，他看过你们的视频，说还不错。"她说。

我把这个想法告诉了乐队兄弟们，他们大多乐意。

陈雯也为我高兴。

"可是我的咖啡馆怎么办？"我突然有些失落。

"抓住这个机会吧！"陈雯说。

"你呢？"我看着陈雯。

"你管我那么多干吗？"陈雯说。

……

7

我打算去北京发展。

我在宋晓的豪车上和她进行了一次严肃的谈话。

那天，她穿得精明干练，说话咄咄逼人。

"你们是我们省签的第一支乐队，希望你们都能好好创作，遵守××公司的纪律规定，不要丢人现眼。"

我这才知道，宋晓在北京的这家公司有股份。

"晓儿，我觉得你怎么把我卖了？"我问。

"傻瓜，你现在正需要一个机会，你要好好把握！"

"那我去了北京，你怎么办？"我问。

"那你想怎么办？"她反问我。

"我不想离开你！"我说。

"别太儿女情长，你知道这次公司下了很大的赌注，别让我失望。"她说。

"赌注？我他妈是赌资吗？"我有些气愤，这个姑娘完全没有与我依依惜别的感觉。"你别给我任性好吗？"

"你到底爱我吗？你说实话。"我问。

"爱。"

"呵呵。"

8

我回到了咖啡馆，接过陈雯手里的活儿。

陈雯好几天没来了。

我给她打电话，她说，自己回北方了。

"你怎么连招呼都不打就走了？我靠！"我很责备地问。

"我想家了，特别想。"她的语气十分低落。

"你走了我咋办？"我问。

"你不是好好的嘛！"她说。

"我靠，你这样太不够义气了！不行，你赶紧回来！"我有些着急。

"我不回来了……"陈雯突然哭起来。

我感觉事情有些不对，这丫头肯定有什么事瞒着我。

"发生什么事了？你告诉我！"我问。

"没事儿！"

"快说！"

"真没事儿！"她哭得稀里哗啦。

……

后来我从一个同学那儿知道，陈雯病了，听说很严重，要做手术。

我订了第二天的机票。

北方的冬天，萧条灰暗，我的眼光留恋远处麦田里的绿色。村子四平八稳，旁屋错落有致，一条巷子由南向北，那些坐在家门口晒太阳的人和四处游荡的狗好奇地打量着我这个陌生的来客。

我一路打听，最终敲响了一扇陌生的门。

一条黄狗为我的到来感到诧异，它慌张地叫了两声，便躲到了主人的身后。

陈雯穿着睡衣，正在院子里晒太阳，她看到我，愣了半天，忍不住哭起来。

"你怎么来了？"她边哭边问。

"不欢迎我吗？"我笑着说。

她还在哭。

"哭什么？我饿了，给我下碗面条去。"我说。

"嗯。"

……

陈雯病了，去医院检查，医生说要做一个大手术，可能要切除一只乳房。

"我还以为多大的事呢！以后嫁不出去，我娶你得了。"我点燃一支烟，轻描淡写地说。

"我才不嫁给你呢。"

说实话，我从未感到如此心疼，对于这个大大咧咧、和我称兄道弟的丫头，我把自己的焦虑和悲伤隐藏得很好，装作什么事也没有。

　　我在她家住了一天，我第一次拉着她的手。

　　我给她读诗歌，告诉她，我看到麦子发芽了，春天马上就要到来。

　　我说，雯儿，等做完手术，你就回来，南方的水土多养人啊！

　　她说，好！

　　告别的时候，我们依依不舍，我微妙地感觉到我们关系的变化，我转过头，看到陈雯一直看着我，我向她用力地招手，忍不住泪流。

　　有一个人在你的生活里不动声色，你平平静静地习惯着她，如一蔬一菜，如阳光空气，不足为奇。而有一天，她突然不见了，你才知道，生活黯淡无光，毫无意义。

9

　　我得知，陈雯的家里为她昂贵的医药费发愁。两个星期后，我又赶回了北方。

　　一个月后，我坐在陈雯的病床前，医生告诉我，手术很成功，陈雯完好无缺。云朵在蓝色的天幕上徜徉，法国梧桐抽出鹅黄的芽苞，树枝上有浓稠的鸟鸣，我们都蓄势待发，迎接春天的到来。

　　我把勺子里的汤小心翼翼地喂给她，她的脸浮肿，可怜得像只小猫。

几天后，她慢慢康复。

"谢谢你，哥们儿！"她说。

"你不是我哥们儿。"我说。

"嗯？"

"你是我媳妇！"我把一勺汤喂到她嘴里。

"你胡说什么？"

"你是我媳妇！"我斩钉截铁地说。

"我……"她呜呜哭起来。

"傻瓜，我爱你！"

……

知道陈雯生病后，我做出了三个决定：

第一，我和宋晓到此结束。

第二，我把咖啡馆转手了，用作陈雯的医药费。

第三，我要和陈雯永远在一起。

胖子
的 爱情

/

2010年的冬天，大学校园，我和罗凯坐在美术大楼前弹吉他。

那天的阳光，如一个久违的好友，温暖惬意。

路过的肖瑶和我打招呼，我说，坐下吧。

她坐在了我们旁边。

肖瑶是我高中同班同学，南方姑娘，水灵秀气。罗凯是我们乐队的主唱，长头发的胖子。我曾跟罗凯说，你要是再买一条皮裤穿起来，就更有味道。他说，你以为我不想吗？淘宝上没我穿的码。

那天阳光真好，我们点燃劣质的香烟，弹得很尽兴。

后来，罗凯告诉我，他想追求肖瑶，我说去吧。

我对肖瑶说，我那哥们儿想追你。

她呵呵一笑说，我不喜欢胖子。

我说，感情不可以培养吗？

她说，不可以。

说完，转身，从容地走了。

我把肖瑶的话说给罗凯听。他正坐在寝室里抽烟，整个人突然变得深沉而缓慢。我说，你是不是想不通？

他没说话，走到洗漱台的镜子前，头微微上扬，很酷地看着镜中的自己，用手把长发往后一梳，说了一句："我不差啊！"

他的自信缘于才华，尽管他长着高晓松一样的脸，但也和晓松一样自信。

他吉他弹得很好，会写歌，也很会唱歌。他在舞台上背着吉他，压过所有乐手的光芒。"你得帮我，兄弟！"他走过来，很严肃地对我说。

这是我第一次看到他这么严肃。

2

好说歹说地，我把肖瑶约出来。

我们一起吃饭，这个平时大大咧咧、油腔滑调的胖子瞬间变得低调谨慎起来。吃饭的时候，他细嚼慢咽；说话的时候，他彬彬有礼。

"你是在装绅士吗？"我问他。

"没，没有啊……"他说。

"你喜欢坐你对面的姑娘是吗？"我又问，我真是贱。

"你傻……傻什么？"他有些尴尬。

"哈哈！"我笑起来。

肖瑶在一旁很不自在。

后来，肖瑶告诉我，以后别邀她出来了，她对胖子真的不感冒。

肖瑶的语气很正经。

我不能为难人家一姑娘，我对罗凯说，以后我管不着了，你自己想办法。

一杯啤酒下肚，他打了一个响嗝，说："还得自己动手，丰衣足食。"

于是，我时常在食堂遇见罗凯，他跟在肖姑娘身后，装作一副"好巧啊，你也在这里"的模样。

吃饭的时候他故意坐在肖姑娘对面，端着盘子，手足无措，找一些索然无味的话题。肖姑娘依然不理不睬。

没有用的，这招。

于是，在肖姑娘的寝室楼下，有一个长发披肩的胖子在弹琴唱歌。

歌声虽好，可楼上的姑娘推开窗户见是个其貌不扬的胖子，又关上了窗户。

不应该是这样的，这是21世纪，会弹吉他的男生应该是身高180，面容英俊，身着白衬衫的样子，不应该是个胖子。

唱了几首，他停下来，从裤包里掏出廉价的烟，点燃，深吸一口。

"肖瑶，我喜欢你。"烟压住了他心中的紧张，他冲着肖瑶的寝室大声喊道。

整个女生寝室开始沸腾了。

"肖瑶，楼下那个胖子说他喜欢你。"室友开始起哄。

肖瑶的脸色很尴尬。

胖子胖子，讨厌的胖子。

一支烟抽完，他又开始拨动琴弦，引吭高歌。

那是唱摇滚的一副好嗓子，但如果你厌恶这个人，那就是鬼哭狼嚎了。

"你走吧，我不喜欢你！"肖瑶姑娘推开窗户，又瞬间关上窗户。

所有的人又开始起哄。

罗凯越挫越勇，他的声音更加悲愤而有力量。

一束强光打在他的胖脸上，是保安大叔拿着电筒。

"干什么的？"

罗凯停下了手中的活儿，不屑地说："弹琴唱歌的！"

"大晚上的，鬼哭狼嚎的干什么？"

"什么叫鬼哭狼嚎？你给我解释一下！"

"走走走！到保卫科去，我给你解释。"保安大叔见过太多求爱的方式，有着处理这类"无赖"的丰富经验。

"嘿，你别动我琴啊，我靠，怎么回事儿啊？"

罗凯的反抗是没有用的。

批评教育。

罗凯说，本来几分钟就可以从保卫室出来的，但是足足待了两个小时。

是因为他又说了一句，批评我可以，但请你先作一个自我批评。

后来，保卫科科长就慢腾腾地沏了茶……

罗凯给肖瑶打电话，肖瑶不接；发短信，肖瑶不回。

罗凯很失落，乐队排练的时候心不在焉。

整个人无精打采，没事儿的时候，就徘徊在肖瑶寝室楼下。

不弹琴不唱歌，只是躲在一个角落里，看着人来人往。

"哟，这不是弹琴的兄弟嘛！"有认识的人打招呼。

"嗯。"罗凯点点头。

"干吗啊这是？"

"我在观察生活。"

……

快熄灯的时候，他一个人又灰溜溜地赶回来，带着几瓶酒和一包花生。

寝室熄灯了，他也不急着洗脸洗脚。

"你知道我今天去做什么了吗？"他问我。

"听别人说，你在观察生活。"我说。

"我就是想看见她。"

"你就这点出息？"

"我就是想看到她，悄悄地看到就好了。"他举着酒瓶往肚子里猛灌。

他喝得太猛，一下子被呛得直咳嗽，顿时眼泪哗哗的。

"嘿，你说我是不是特遭人嫌弃啊？"他问我。

"不是。"我说。

"怎么一点点的机会都不给我？"他情绪激动，声音失真。

我一时找不到安慰的话，默默抽烟，寝室突然安静下来。

"天涯何处无芳草，明儿我给你介绍一个，绝对比她好！"鼓手老二插话。

"得了，就你那眼光，还不如介绍一男的。"贝斯手陈军打趣道。

"都他妈闭嘴！"我说。

他突然倒在床上，头枕着被子，呜呜哭出声来。

"我有一个办法，你愿意尝试一下不？"我说。

"你说！"他停止了哭。

"减肥！"我很冷静地说。

说者无心，听者有意，罗凯第二天就开始付诸行动。

据早起晨练的师兄说，刚到操场，就看到胖子跑得满头是汗了。

好家伙，大冬天只穿一件T恤，耳朵里塞着耳机，像一头奔跑的犀牛。

他的长发飞扬，奔跑时动作滑稽，睡眼惺忪的保安看到了他，晨跑的人们也看到了他，但我没看到他。

一天只吃一顿饭，一顿饭只吃一个菜，也不喝酒了。

"牛肉粉要加肉加筋加鸡蛋才够味。"我把粉端到桌上，准备给自己个痛快。

罗凯看了我面前的粉，又转过了头，吞口水的动作根本掩饰不住。

"吃不？"我问。

"不吃。"

"好吧。"我把粉条夹进嘴里，故意发出夸张的声音。

他赶紧戴上耳机。

……

"喝一瓶？"我把瓶盖打开，把酒放桌上。

"算了。"他说。

"好吧。"我把啤酒倒进嘴里，发出咕咕的吞咽声。

"人是铁，饭是钢，一顿不吃饿得慌。"我叫他和我去吃饭。

"我不去了。"

"你这样整身体吃不消啊，你要爱情还是身体？"我问。

"爱情！"他不假思索地回答。

4

三个月了。

他从180斤减到了135斤，头发剪短了，整个人像脱胎换骨一样地变了个样。

真是不可思议，真是啧啧称奇。那些见过他的人总在茶余饭后谈起这件事。

这是什么？这就是爱情的力量！

减肥成功后，他整个人也变得低调很多，他的自信和自负在跑步中被慢慢消磨，在节食中被偷偷挥发。

他说，我觉得我的很多想法都变了。

我说，不喜欢肖瑶了？

他说，对，不喜欢了。

我爱她，现在。他说。

5

我们从漫长的冬天走到了阳光明媚的四月。

我们依然在美术大楼前弹吉他。

肖瑶姑娘坐在我们旁边，带着笑容。

后来，我看到罗凯和她出现在食堂，看到他在晚上排队为她打热水。

后来，我看到他带着她来看乐队的排练。

再后来，他们牵手了，恋爱了。

真好，四月的下午没有错过。

我们的乐队参加了一次高校乐队的选拔赛，很荣幸地脱颖而出。

一家不错的唱片公司看中了罗凯，想签他去北京发展。

我们在大四的寝室里喝酒，喝着喝着就变得伤感起来。

还没好好开始，大学生活就要结束了，应该还有很多的课要上，还有很多食堂的饭要吃，还有很多的酒要喝，还有很多的歌要排，还有很多的恋爱要谈。

　　我们的青春就要画上一个句号了，我们又将何去何从？

　　"单飞！"我郑重其事地对罗凯说。

　　乐队兄弟都赞成我的意见，发自肺腑地赞成。

　　罗凯点燃一支烟，深吸一口，沉默了片刻，说："我他妈是汪峰吗？"

　　"汪峰怎么啦？大红大紫啊！"

　　"我和兄弟们在一起，直到我们都放弃！"

这是我记忆中，罗凯说过的最坚定的一句话。

6

罗凯放弃了单飞的机会，尽管多年后的我们想起这件事，总觉得遗憾。

他留了下来，和我们继续写歌、排练、抽廉价的烟，胡吃海喝吹牛×。

只是他身边多了一个叫肖瑶的姑娘。

文文弱弱的肖瑶，在吉他失真和架子鼓响起的时候，依然安安静静地看着我们。罗凯说，其实我留下来，也不完全是因为兄弟们，兄弟们占一半，还有一半是因为肖瑶。

他曾试探着问过肖瑶，自己要不要单飞去北京？肖瑶没有表态。

她是个乖乖女，父母希望她毕业后能回家工作。

毕业前的最后一个晚上，我们通宵达旦，喝得大醉，说了很多肝胆相照的话。

再见，大学！来吧，梦想！

我们都没有回家，罗凯在一家琴行上班，我去了一个广告公司，贝斯手陈军在一个楼盘卖房，鼓手老二带了几个学生。

我们勉强能养活自己，一个星期排练一次，参加各种廉价的演出。

肖瑶也留在这个城市，在一家教育中心教英语，尽管她家里催着她回去。

没事儿的时候我们常聚在一起，喝酒、唱歌，谈着未来。

那时候天很蓝，日子也过得慢。

7

有一天，贝斯手陈军突然提出要离开乐队，他说，没钱在身上很不踏实，销售任务太重，没时间排练。

我们都沉默，其实我们早就感受到了生活的压力，房租、水电、吃穿住行都得花钱。"散了吧！"沉默的老二说。

……

多年后，我仍记得穿得人模狗样的陈军，他跟在一个中年妇女身后，说："姐，您可以了解一下，坐南朝北的户型，您要是喜欢，我看看能不能给您申请个折上折。"

我也记得，老二坐上县城汽车后，挥手告别的场景。

他的架子鼓留在了排练房，只带走了一对鼓棒。

他说，帮我把它处理了，要不然我看着会难过。

散了，毕业一年后我们就各奔天涯，我知道这一天肯定会到来，但是没想到会那么快。我的工作是文案和策划，偶尔把自己搞得人模狗样，带着"艺术总监"的名片跟随老板四处谈业务。

公司马马虎虎，我过得不好不坏。

罗凯在琴行做吉他教学和乐器销售，肖瑶和罗凯住到了一起，边上班，边准备考公务员，看来她是下定决心跟着罗凯了。

毕业第二年，肖瑶考上了市里的公务员，我们都为她高兴。

那天，我们在一起吃饭，我、罗凯和她。

我们在一起三年了。罗凯说。

我问，你们什么时候结婚？

罗凯没有说话。

肖瑶微微一笑，对罗凯说，问你呢？

"再给我一年时间！"罗凯把酒吞进肚里。

8

罗凯对我说，想娶她，特别想，只是看到她那么优秀，自己心里慌张。

他慌张是因为贫穷，还没有能力在这个城市三环以外的地方买房。

拼了！他说。

后来，他跑到各地州市推销乐器，时而喝得大醉各种应酬，时而满面尘土灰溜溜。

一个星期都不休息，天天在琴行给学生上课。

像他当初减肥一样地拼命。

肖瑶说，我真是心疼他那么拼。

我说，他想挣个首付，然后才敢娶你。

肖瑶说，他真是傻。

……

一天，我去他们的出租屋，罗凯坐在凳子上呼呼地吃着面条，肖瑶在阳台上忙碌，阳光明媚的早晨，她从盆里拿出洗好的衣服，动作麻利地晾晒。

"媳妇，老徐来了。"罗凯对她喊道。

"哦，来了，吃了没？我给你煮碗面条。"肖瑶忙停下手中的活儿，笑呵呵地说。

"吃了吃了。"我连忙说。

她给我泡了茶，又忙起自己的事儿来。

"多好的女人！"我对罗凯说。

"嗯，必须的！"罗凯边吃边说。

"路过，就上来看看。有个活动，差个唱歌的，800块，去不？"我问。

"去！"

吃完面条，他拿出吉他，唱起歌来。

"怎样？"他问我。

"好听！"我说。

听到他的歌声，才知道我们的乐队都散那么久了。

肖瑶在拖地，笑呵呵地听罗凯唱歌。

"离你首付的梦想还有多远？"我问。

"快了！我上个星期卖了二十六把吉他！"他说。

"以前我们的梦想是做一支牛×的乐队，是周游世界的演出，现在都他妈是为了钱！"我说。

"钱也不是坏事。"

……

除了天天上班，晚上他偶尔还得去酒吧弹琴挣外快。

我问，你这样身体吃不消啊，肖瑶什么意见？

他说，她不赞成我这样做，但是我他妈乐意。

9

第一次，他提着礼物，厚着脸皮去拜见肖瑶的父母，回来后直摇头，说，难。

显然，肖瑶父母对准女婿并不满意，这两年由于缺乏锻炼，他身体又胖了起来。加之靠弹琴谋生，她父母也不满意他的工作。

为此，肖瑶和家里闹得挺不愉快。

她毕业后不回家，父母本来就很生气，但幸好考上了公务员，工作解决了，父母也没多说。正准备在省城给女儿介绍一个熟人在市政府工作的儿子，谁知道女儿和一个弹吉他的胖子在一起了。

肖瑶的母亲气急败坏地来找肖瑶，强硬地要求她搬出去。

肖瑶边哭边收拾东西。

"阿姨，你听我给你解释，我是爱肖瑶的。"罗凯在一旁束手无策。

"没什么好解释！你俩偷偷瞒着我们就算了，今天还是好好做个了结。"

"我，我明年就买房。"

"年轻人，不是房子的问题！关键是你们不合适！"

"我、我以前不胖的，我几个月就可以瘦下来，阿姨。"

......

肖瑶被接走的晚上，罗凯和我喝酒，喝着喝着他就哭了。

这是我第二次看到他哭，第一次是在大学寝室，肖瑶拒绝了他；这次，是肖瑶的母亲拒绝了他。

"我是不是哪里做得不对？老徐你告诉我。"他边哭，边用一只手捂着脸问我。

"你没错！"

"怎么就那么折磨人？怎么就那么难？"他边哭边说。

"都会好的，都会好的。"我不知怎么安慰他。

以前，我劝他减肥，他照做了。但现在，我一点办法都没有。

他以前恃才傲物，大大咧咧。而现在，他所有的自尊和自信都被彻底摧毁。

是的，在现实面前，我们即使那么努力，可有时候还是会无能为力。

他喝得大醉，我送他回去。

他在家整整睡了一天。

过了一天，我去琴行找他，他在给学生上课，声音嘶哑，两眼哭得红肿。

肖瑶的电话关机。

几天后，他接到了肖瑶的电话。

分手。

肖瑶说，我爱你，我也爱我的父母，但是我不能只为自己去活。可是对不起，我只有把自私留给你，对不起啊，胖子。

两个人都哭得像个泪人儿。

分了吧，我们都是彼此生命中的过客。

10

我和他坐在大学的校园里，坐在我们熟悉的美术大楼前。

只是，我们都没有弹琴，而那个叫肖瑶的姑娘也再没有出现。

"老徐，我要回去了。"他突然对我说。

"为什么？"我很诧异。

当年，他为了理想和姑娘，义无反顾要留下来，可是现在，理想破灭了，爱的姑娘也走了。

罗凯告诉我，是因为母亲身体太差，自己突然特别想家，想回去照顾她。

"反正也没什么好留恋了。"他点燃一支烟，看着远方，眼睛里有泪花闪耀。

"你保重！"我说。

"保重！"

毕业也好，乐队解散也罢，我都从未觉得如此伤感和绝望。

而这一次，我却真正感受到了时间和现实的残酷。

都他妈走吧！都他妈散吧！

我路过那些我们曾走过的地方，大学的校园，排练的地方，罗凯的琴行……

那些念念不忘的未必有回响。而我们只有向前，继续在这未知而精彩的生活里折腾。罗凯回了家，用准备买房的钱在县城里开了家琴行。

他说，还是习惯做老本行。

他一头长发，在店里摆满了各式各样的吉他，墙上挂着我们乐队的照片。

每天开门营业，打烊回家，生意不错，心里踏实。

//

是不是所有青春都该散场，所有的故事也该结束？

这世间的爱情，是不是总要被撕裂、被拆散才会刻骨铭心？

诗里说，有情人终成眷属。而面对爱情，我们到底畏惧什么？

我看到肖瑶的QQ签名改为："我想听你唱歌了，胖子。"

……

于是有一天，一个带着笨重行李箱的好看姑娘站在罗凯的琴行前。

她看着弹琴的罗凯，笑得像花儿一样。

"我回来了！胖子！"她进门，一半明媚，一半忧伤。

罗凯看到她，愣了一下，走过去狠狠抱住了她。

肖瑶辞职了，她告诉我，胖子为她付出了这么多，这一次，她下定决心，为爱情而活。

百分之百
的 女孩

/

我喜欢陈雪。

尽管这所师范院校女孩很多，漂亮的女孩也多。

那是一个夏天，我在教室的后排睡觉，醒来的时候，窗外的树叶哗哗地响，风吹进来，课桌上是阳光的碎片。

一个女孩穿着白色的T恤，扎着整齐的辫子，内衣的轮廓若隐若现，她的后背线条流畅，甚是好看。

这是谁呢？我想了想，才知道是平常并未怎么留意的女孩，陈雪。

下课的时候，我将座位挪到了陈雪的旁边，她看了我一眼，转过头假装若无其事的样子。我趴在桌上，看着她的侧面，她认真地听课做笔记，素净的脸，薄薄的唇，大大的眼。

她突然瞪了我一眼，我笑着转过了头。

我就是这样喜欢上她的。

陈雪每个学期都拿奖学金，尽管据说她家里很富裕。

我说，陈雪，都大学了还那么拼命地学习干吗？

她又是瞪我一眼，摇摇头不理我。

后来我才知道，陈雪的奖学金全部捐给了学校社团，作为资助失学儿童的成长基金。有时候，我看她一个人在图书馆，泡一杯柠檬或是茉莉，安安静静地坐一个下午。我说，你逃课？她小声说，你不觉得那个老师的课很无趣吗？我笑着说，哈哈哈，我以为你这样的乖学生从不逃课呢。

她说，我可不是乖学生。

我拿起她看的书瞅了瞅，哟，贾平凹，我以为你看张爱玲、安妮宝贝。

天气那么好，看在上帝的分儿上，我们为什么不出去喝杯咖啡呢？我嬉皮笑脸地说。

她不理。

旁边的人投来异样的眼光。

我感觉自己像是一只苍蝇一样惹人厌恶，只好闭嘴。

据说有一个法律系的眼镜男在追陈雪。

一个文质彬彬的男生，经常在她寝室下徘徊，在图书馆为她占座，比我还像苍蝇。说实话，我真担心陈雪和他好上了，但我又得表现出毫不在意的样子。

一天，我对陈雪说，今晚来看我们乐队演出吧。

她很愉快地答应了。

在坐满人的音乐厅，我穿着白衬衫弹琴，临时抢过主唱的话筒，说，我想唱首歌给一个女孩，她的名字叫陈雪。

底下的人起哄，陈雪羞红了脸，我弹琴唱了一首You are my sunshine，自己都觉得无与伦比的浪漫。

演出完，我说，陈雪，我喜欢你，做我女朋友吧。

陈雪说，可是我还没喜欢上你，对不起。她耸了耸肩，转身走了。

我曾以为，这样的方式会让所有的女孩感动，也以为，陈雪肯定不会拒绝我。

我真是愚蠢和幼稚。

当然，我不会一蹶不振，我依旧笑呵呵，吊儿郎当地跟着她。

是的，她并不是那种会打扮、会卖萌的女孩，她安静大方，不浮夸不张扬，她走过你身边，就像是一阵清风吹过，温柔惬意。

而我就是喜欢她，无可救药地。

4

我把眼镜男给揍了。

那天晚上乐队排练完，在美术大楼旁，我看到眼镜男和陈雪在一起，像是在向陈雪表白。陈雪拒绝了他，可这厮喋喋不休。陈雪转身要走，他又推推搡搡。

英雄救美的故事真是不能再老套了，我不是英雄，但我要救美。

我说，兄弟怎么回事呢？

他说，不关你的事。

我的眼神已经很犀利了，可他的言行举止并没有因此而收敛，反而更放肆。

很明显，他道貌岸然的本质已经暴露无遗。

我故意看了一眼陈雪说，哦，那我走了。

郁东！陈雪赶紧叫我的名字。

后来我就把他给揍了。眼镜男说，根据治安处罚法第四十三条规定：殴打他人，或是故意伤害他人身体的，处5日以上10日以下拘留。

我说，我去你妈的拘留，老子这是见义勇为，为民除害。

我拉着陈雪走了，我说，你不喜欢他就不要和他走那么近。陈雪瞪着我，气呼呼地说，我没有。

5

暑假的时候，我随陈雪报了学校社团的活动，去边远山区支教，去敬老院看望孤寡老人。每一次，她都自然大方、发自肺腑地展现她的爱心，我被这种善良和热情感染着。

她说，去看看贫困，看看孤独，看看生命的艰辛与无奈，才会更懂得珍惜和热爱。她时常打电话给爷爷奶奶、外公外婆、七大姑八大姨的，就是唠唠家常，说自己一切都很好，叮嘱他们照顾好自己。

快毕业了，我问她以后有什么打算。她说，回家当老师吧。

我说，你就这点出息。

她说，那怎样才算有出息？

我想了想，突然很认真地说，陈雪，干脆你和我在一起吧，我爱你。

她笑起来，脸唰地变红。

你爱我什么？她问。

我说，有一本书告诉我，四月的下午不要错过，那百分之百的女孩正走在茫茫人海，你就是那个不能错过的女孩。

百分之百的女孩？她问。

是的，百分之百的女孩，如假包换。

我很严肃很诚恳地请求你，希望你不要忙着回去，如果你愿意和我一起留在这个城市，我拼命工作，挣钱养你。我说。

呵呵，我可不要人来养我，留在这个城市……也可以，除非……她说。

除非什么？我问。

除非我真正地爱上你了。她说。

难道不是吗？

应该是吧。她笑呵呵地转身走了。

……

我爱这风和日丽的四月，爱这百分之百的女孩。

模范 男友

大学时的爱情没有柴米油盐，只关乎风花雪月、儿女情长。

写诗和弹琴很重要，一起吃饭很重要，睡前道一声晚安很重要，纵使一穷二白，爱情也很重要。

而毕业后，父母的意愿变得重要，天南地北的距离变得重要，生存变得重要。

冯唐说，煲汤比写诗重要。

你愿找一个会煲汤还是会写诗的男朋友？

有姑娘机智地回答，找一个会写诗的恋爱，找一个会煲汤的结婚，两者皆具才是模范。这个想法真是极好。

我们大胆来想想姑娘心中的模范男友是什么样。

一个模范男友应该手中有剑，心中有诗。剑是本领，可谋生计，可行走江湖。会编程序是手艺，会做木工电工是手艺，会弹琴是手艺，会煲汤也是手艺。有手艺，就有饭吃，爱情就有了物质的基础。心中有诗，是一种情怀，和贫穷富裕没有关系，它是疲惫生活中的爱和感动，是超越物质的精神慰藉，也是爱情的阳光和甘露。

一个模范男友应该隐藏悲喜，内心强大。在姑娘一筹莫展的时候，他不会一同陷入悲伤。他内心强大，能有将生活打理得有条不紊、秩序井然的能力，让姑娘充满希望，看得清未来。一个模范男友应该自强不息，强颜欢笑。微笑可化解生活的坚冰，是林中的鸟鸣，是沙漠里的清泉。工作不是混吃等死，而是脚踏实地；生活不是得过且过，而是死皮赖脸。想方设法让经济宽裕、让精神丰富是关键。被客户拒绝，被领导批评，纵使一腔委屈，一无是处，但对姑娘依旧是一脸温柔。

一个模范的男友应该臂膀宽阔，手上有力。臂膀宽阔，心胸豁达，容得了千军万马，装得下五湖四海；臂膀宽阔，拥抱安稳，枕着踏实。手上有力，举得起煤气罐，提得了大小包，能轻易地抱起你。

一个模范男友应该不厌其烦，机智聪慧。你爱不爱我？你是不是不爱我了？面对姑娘诸如此类的问题，要不厌其烦，要回答坚定，要懂得姑娘是什么意思。

一个模范男友应该阅历丰富，热爱生活。他要知道石膏豆腐和酸汤豆腐的区别，要知道红烧肉和回锅肉的做法，要知道线路的串联和并联，要知道三阴交和足三里的穴位。事实上模范男友可遇不可求。也许他浑然天成，而你恰好在人群中与他相遇。

但事实上，哪有那么多模范男友？你所期望的，只是电影和小说里的主角，有，也是别人家的。

其实，生活的本质便是如此，你曾经对待爱情，像牙齿一样无法自拔，你不畏惧时间，不害怕距离，你笃信爱情，坚信有情人终成眷属。但再热烈的爱、再深刻的情都会被时间打磨，被生活消耗。那些曾让你感动的，曾让你温暖的，慢慢变得习以为常，变得理所当然，而终究被岁月悄悄掩盖。

或许，我们曾轰轰烈烈，曾刻骨铭心，然而最后还是云淡风轻地说了再见，此情可待成追忆，一别两宽，各生欢喜。

有的爱情未成正果，是因为喜悦可分享，而艰难不可分担。有的人没走到最后，是因为爱得贪婪，不肯退让。

你贪婪自私，对方便斤斤计较；你明媚善良，对方便恭俭温良。爱是对彼此的尊重和体谅，不如意的事十有八九，常想一二。

而最好的，则是与你一起面对生活。

关于我爱你的
100个 理由

01　十七岁遇见你，你的嘴唇看起来很软，你说话的声音也很软。

02　做广播体操的时候，你回头看我，而我正看你。

03　你把手机号码写在我的手心里。

04　三年后，我们在一个陌生的城市重逢。

05　你打不通我的电话，在我寝室楼下等了两个小时。

06　你偶尔来我的咖啡馆，帮我拖地、洗杯子。

07　送你回去，在你快走出我的视野时，你转过头看我。

08　你总是抢着埋单，尽管你是个姑娘。

09　二十一岁生日，你送我一把Philips剃须刀，好几百块钱。

10　你的身上有淡淡的香，让人舒服而愉悦。

11　你头发浓密，牙齿整齐，皮肤白皙。

12　你在我的钱包里偷偷放几百块钱。

13 你陪我彻夜长聊。

14 你打电话给我，说自己在雪地上摔了一跤，滑稽又狼狈。

15 你和我掰手腕，两只手都输给了我，你气喘吁吁，一副不服气的样子。

16 你知道我吉他的型号，知道变调夹、拨片和效果器。

17 你把头发往后梳，大大咧咧，像个女汉子。

18 你给植物浇水，同情一只流浪的猫。

19 你洗干净我的白衬衫，晾晒在阳光下。

20 我们坐在草地上晒太阳，你买了樱桃和酸奶。

21 我骑车载着你穿过大街小巷，一路上我们唱着歌。

22 我们坐火车去一个陌生的小镇。

23 后来，你喜欢春天，因为我喜欢。

24 第一次带你回家，你给我爸妈、七大姑八大姨都准备了礼物。

25 趁我不注意的时候，你把你的零食往我嘴里塞。

26 我喝醉酒的时候，你一边埋怨我，一边照顾我。

27 我和朋友聊天，你在一旁安静地听。

28 你来找我，坐四十分钟的公交车，走二十分钟的路。

29 我写字的时候，你给我泡茶。

30 你知道我的鞋码和腰围。

31 你喜欢我喜欢的书、电影和音乐。

32 你尊重我的每一个朋友，对他们赞赏有加。

33 你生气的时候，沉着脸不说话。我逗你，你很快就会好。

34　你给我买衣服、袜子和内裤。

35　你给我起一些幼稚滑稽的外号。

36　你装得很认真地骗我，却被我轻易地识破。

37　你从噩梦中惊醒，紧紧抱着我。

38　你第一次在我面前哭泣。

39　有一次，听到李健唱《今天是你的生日，妈妈》，我忍不住想流泪，故意躲进厨房，出来时，看到你泪流满面。

40　我们心照不宣地哼唱起同一首歌。

41　请朋友来家里吃饭，你给他们每一个人泡茶，在厨房忙碌。

42　我换灯泡，你紧紧握着梯子。

43　你笑我看到老鼠后惊慌失措的样子。

44　我提着东西，你弯腰给我系鞋带。

45　你为我挤好牙膏，把牙刷放在漱口杯上。

46　我弹琴的时候，你跟着我一起唱歌。

47　你给我买了我喜欢的吉他，7000多块。

48　我给你说了一个故事，你感动得热泪盈眶。

49　你在被窝里哼哼唧唧，一副不想起床的懒样。

50　我们分着吃一个苹果，以及最后一碗饭。

51　你洗头后，用毛巾擦头发的样子。

52　我教你游泳，你在水里一惊一乍。

53　你劝我戒烟，态度坚定又小心翼翼。

54 你煮了面条，拌好后递给我。

55 我的生日，你都会给我准备礼物。

56 你试着新买的衣服，在我面前显摆臭美。

57 你给我说一个冷笑话，我无动于衷，你却乐开了花。

58 你与我一起打扫卫生，你额头上浸出细汗。

59 你认真帮我拔掉头上的白发。

60 你拿着刚买的糯米饭，赶不上早班的公交车，你气急败坏，又很快忘记烦恼。

61 我们在楼下等着各自的公交车，隔着一条街，说不上话，又彼此相望。

62 你把我们的照片做成台历，放在客厅。

63 你陪我漫步在我们曾走过的地方。

64 你的电话上存我的名字是"老徐"。

65 我的每一篇文章你都认真地看，认真地说你的建议。

66 你总是把电话随手递给我，让我给你充电。

67 你把关于我们的电影票、门票、车票妥善保存。

68 你穿着婚纱，站在我的面前。

69 你叫我妈叫"妈"，你叫我爸叫"爸"。

70 你总是感叹时间太快，这辈子太短。

71 你进家后，咕咚喝水的样子。

72 你睡觉时，像个婴儿，发出轻微的呼噜。

73 你说话的语气越来越像我。

74 你说，你喜欢我做饭给你吃，说故事给你听，挣钱给你花。

75　我们千里迢迢，去深圳看朴树的演唱会。

76　你对我说："我饿了。"

77　我在街头等你，你从后面故意吓唬我。

78　你生病住院，不能吃东西，憔悴而消瘦。

79　我给你准备一份礼物，故意藏着，你不经意找到后，满脸的惊喜。

80　你在两家公司兼职，时常手忙脚乱。

81　月初，你准时给我交话费。

82　我下夜班回家，很疲惫。你豪气地说，兄弟，别上班了，姐姐我养你。

83　你系着围裙帮妈妈做菜、洗碗。

84　你给我买来我爱的汉堡和薯条。

85　我做菜的时候，你在后面拥抱我。

86　你把头发盘成髻，边洗衣服边哼着歌。

87　分开一天后，你的第一句话是，我好想你。

88　你穿我的白衬衣，在屋里走来走去。

89　P照片的时候，你连我的一块P。

90　我弹琴，你唱歌找不到拍子着急的模样。

91　你说，你爱我之前，邓超是你的男神，后来变成了我。

92　冬天，你把你的唇膏抹在我干裂的嘴唇上。

93　你在下雪的窗前，写我的名字。

94　我说，春水初生，春林初盛，春风十里。你说，不如你。

95　我说，真的假的？你说，假的。

96　你送一个孤寡老人回家，同情地说起他的遭遇。

97　你带我去你的故乡，拜访亲戚，看即将被拆掉的老屋。

98　你保留着我十年前写给你的信。

99　你对我说，我爱你。

100　以上99个够不够？

姑娘，我想
好好和你 谈谈 爱情

十四五岁的时候，你留着齐耳的学生头，软手软脚，文文弱弱的模样。你的肘不小心跨过三八线，我就用力地撞开，你敢怒不敢言，我装成一副痞子样。

我总是爱将壁虎之类蠕动的虫子偷偷放在你的文具盒里，待你打开时惊慌失措，花容失色，而我在一旁放肆地笑。

我站在学校门口和几个不良少年叼着烟，故意大声地骂脏话，吹口哨。你头也不抬，快步走开。

其实我并不是想欺负你，我曾无数次在脑子里想过怎么和你说话，怎么和你相处，只是看到你，我又没了勇气。

有的同学早恋了，他们悄悄地牵了手，我也觉得自己该做点什么，于是有生以来，我洋洋洒洒地写了一封情书，借用Beyond的歌词：

喜欢你，那双眼动人

笑声更迷人

愿再可 轻抚你

那可爱面容 挽手说梦话

像昨天 你共我

······

我把它塞进你的桌箱里，忐忑不安。

可谁知道粗心大意的你把它弄丢在地上，放学扫地的胖子
捡到后交给了班主任。

他为什么会交给班主任？因为他好奇地打开了信，看到了
里面的内容，这个戴着眼镜的胖子将里面的内容看完了，仿佛
我赤身裸体的样子被他偷窥。

我被要求写了一份检讨，当着全班同学的面大声朗读。

我把胖子揍了。

我爸把我揍了。

他一进办公室就给我一耳光，他是个屠夫，刚从集市赶
来，穿着油腻腻的围裙，腰上别着一把割肉的刀。

那一耳光打得我晕头转向，像是范进被胡屠打一样，那脸
上的油刮下来可以煮一锅汤。班主任被吓坏了，赶紧拉开我
爸，事情平息。

我身败名裂了，被老师调了座位，和你分开，像是生离死

别一样难过。

时间过得真快，中考前的一天晚上，我一直跟着回家路上的你。

我叫你的名字，你转过头，我特别想上前拥抱你。

我说，你准备考几中？

你说，六中。

我说，我和你一起。

你说，好。

我看到你的眼睛里泛着光芒，我觉得我们马上就要长大了，我看你笑着转头离开，我觉得我像与你恋爱一样喜悦。

中考后，你父母离婚，你随父亲去了另一个城市。

我考上了我们曾经说好的中学，我曾想过和你在教室、走廊、足球场、图书馆相遇的情景。只是我再也没有见过你。

2

后来，我又遇到一个姑娘，安静，美丽。

我开始弹吉他，没日没夜地练曲子，幻想有一天能弹给你听。

我在足球场拼命地奔跑，倒钩射门，只为引起你的注意。

可是你还是没注意到我，我鼓起勇气告诉你我喜欢你。

后来，我骑着自行车在你家门口等你，我对着院子里的橡树朗诵：

我如果爱你，绝不学攀缘的凌霄花

借你的高枝炫耀自己

我如果爱你，绝不学痴情的鸟儿

为绿荫重复单调的歌曲

......

旁人投来异样的目光，我假装不理。

你从书房探出头看着我笑，阳光一样明媚。你向父母说谎要去小丽家。

我骑车载着你穿行在大街小巷。

我把热腾腾的早餐从兜里拿给你。

我想你、念你，恨不得把我自己全都给你。

后来，你父亲找到我，让我远离你。

我的父亲也来了，他不再对我拳脚相加，只用眼神杀人。

他说，你必须结束你的恋爱，要不然今天凌晨三点和我去杀猪。

再见了，姑娘。

我只是想好好地爱一个姑娘，却在这个令人讨厌的年纪。

我也没有好好学习，我弹吉他，与社会青年厮混在一起，像是在惩罚谁，我的父亲，还是我自己？

高考落榜了，我和父亲凌晨三点多去了集市。

我父亲虽不年轻，但杀猪仍是把好手。

白刀子进红刀子出，干净利落，我被猪的嘶叫吓得魂不附体。

内脏，下水，里脊肉，五花肉，排骨……庖丁解牛，一一码好。

我即将成为一个屠夫。

一年后，我基本上掌握了父亲一半的技术。那天生意不忙，我拿出吉他在一旁弹唱，父亲和隔壁卖干货的大妈聊天。

我看到一个熟悉的身影，是你。

是坐在我自行车上的你，是我牵过手的你，是我爱过、念过的你。

我蓬头垢面、满身油腻地愣在一边。

你走过来看着我，笑了笑。

"你还好吗？"

我尴尬地笑了笑，不知道说什么好。

"再见。"

"再见。"

那天回去后我黯然神伤，满脑子都是你的身影，我对我爸说，我想补习。

我爸说，当真？

我说，当真。

后来我考上了一所大学的艺术系。

3

那些我曾热爱过的姑娘，从此都未再见过你。

而生活一直向前，时间像是一条河，往事只可远去，不得归来。

除了弹琴还是弹琴，排练、演出占据了我大部分的时间。

我爸告别了屠夫生涯，他提着鸟笼在巷子里下一整天的棋。

他偶尔打一个电话，问我为什么老是弹琴。

我说，爸，这是手艺，以后我靠它吃饭。

当然，荷尔蒙不能全部抛洒在吉他上，还要有热爱的姑娘。

好像从第一次喜欢姑娘开始，每一次的萌动都有以前姑娘的影子。

我肆无忌惮地去追求你，你和我喜欢过的所有姑娘一样，安静，美丽。

我给你写歌。

我带你去阴暗潮湿的地下室排练。

我带你去喧嚣嘈杂的酒吧演出。

我们在人山人海的迷笛音乐节上欢呼雀跃。

毕业，你让我和你一起回北方。

然而，我的爱情却没有跨过秦岭淮河线，到达华北平原。

4

我在一家音乐公司上班，做录音和演出。

正如我向父亲说的那样，靠手艺吃饭。

再后来我遇见了你。

你没有嫌弃我廉价的出租屋。

你没有嫌弃我一穷二白。

你听我弹琴的时候，安安静静。

你买了面条和蔬菜，帮我打扫卫生，洗干净衣服。

你又在我的钱包里塞几百块钱。

我看到过你赶不上公交车的懊恼。

我看到过你为我忧愁。

后来，我娶了你。

爱情，没有一次不是念念不忘，没有一次不是刻骨铭心，但还得看天时地利人和，早一点晚一点都难成眷属。

不埋怨曾经，不追忆过往，因为它终将会逝去。

来过，就好。

感谢你，
曾 陪我 颠沛流离

　　我与你隔着茫茫人海，隔着千山万水，而我是怎样遇见你的？

　　我想，肯定是每一次不经意的行走、思索和呼吸，是茫茫人海将我们推向彼此，这真是奇妙得不可思议。

　　离开家几年来，我曾感到过迷茫，感到孤独，而最幸运的事，就是遇到你。

　　有一年，我们仿佛都到了谈婚论嫁的年纪，可是自己一无所有。我从原公司辞职，到了一个新公司，上班的地方离家很远。你说，干脆我们搬家吧。

　　于是，四月的一天，我和你决定把家搬到市区来。找了很久，终于看到一个不错的房子。这里靠近我读过的大学，距离上班的地方也不远。

　　这是80年代的老房子，顶楼。缺点是：楼层较高，屋里破旧，屋顶漏雨，杂物太多。优点是：房租便宜，格局合理，光线充足，租赁期限长。我们心照不宣，当场就决定租下来。我们请工人师傅上屋顶换了瓦片，重新安装家里的水电。

买来编织袋，将屋里的杂物和垃圾统统清理。然而最令人头疼的是阳台，这里堆满了废旧的家具和生活垃圾，长年累月，变得腐朽肮脏。

"如果阳台清扫干净，我们就可以晾晒衣服，可以种些花草，还可以养一只鸟。"我对你说。

"嗯，还可以在阳台上喝下午茶，哈哈！"你的鼻子上沁出细汗，对于今天的劳作没有丝毫抱怨。

我们下决心把阳台打扫干净。

将细碎的垃圾装好，整块的，用锯子慢慢分解。整整一个下午，阳台才清扫干净。所有的垃圾堆放在一起，足足有二十袋。请工人将垃圾搬走，整个房子才变得清爽起来。

我们一身的尘土与疲惫，在杂乱的屋里大口喝水。

"累吗？"我问。

"累，但看到你脏得那么滑稽，我就不累了！"你笑着说。

事儿还没完。买油漆，给门窗和阳台的铁栅栏漆上墨绿色和白色；换锁，换灯泡，换门把手和小物件；用洁厕剂将便池刷洗干净；用废旧的木板做一个花架放在阳台，将花盆填满泥土；去花鸟市场买茉莉、白掌和吊兰；买了一只不会说话的八哥；再买相框，把我们的相片挂在墙上。

一切都来之不易，我满腔热血，不知疲惫。工作也很顺利，入职三个多月，得到老板的赏识，你为我感到开心。

一个星期后，整个屋子有了家的模样，打开窗户，让空气充分对流。

那晚，我和你决定搬过来，费尽全身力气，待所有的家具都安置好，已是凌晨一点，我们疲惫不堪，沉沉睡去。

第二天早晨，阳光洒进屋里，我们打量着崭新的一切，相视而笑。

"嗯，这只是你暂时的家，所有的颠沛流离都会过去。"我说。

"你在哪里，家就在哪里。"你很认真的样子。

我差点感动得哭起来，还记得那个寒冷的冬天，我骑车载着你，你紧紧靠在我的后背，我让你闭着眼睛，猜猜到了哪里。

我以这样的方式打发寒冷，面对拮据，你随我无枝可栖，四处流离。

我看到你笑靥如花，满心欢喜；也看到你迅速隐藏的悲伤和焦虑，时间可以让故人走散，也可以让彼此亲密，我知道，你忠贞不渝地相信爱情，相信我。

几年了，那些日子早已远去，我们想要的未来正向我们走来。

我依然记得那个美丽的早晨：我们在阳台上大口呼吸，马路上是绿油油的梧桐树，浇过水的植物散发出泥土的芳香。

我知道，春天已经到来。

幸福，
是一件 谨小慎微 的事

老韩差不多一个月没有夫妻生活了。

不是老韩不想，也不是妻子不想，而是房子隔音效果太差，每次亲密都要偷偷摸摸。

女儿欢欢是个夜猫子，有次他们以为欢欢睡着了，憋不住弄出了动静，却清晰地听到欢欢翻身，以及嘴里发出的不耐烦嘟囔。他俩尴尬又懊恼，从此心有余悸，尽量地抑制自己。这天，妻子起床后开始烧水，换上衣服，梳理头发，洗漱，化妆。她的动作干净麻利，这是她多年养成的习惯。

妻子总要提前到公司，首先，早一点的食堂有免费的早餐；其次，她去年在这个大商场被提拔为卖场主管，这对她来说来之不易。

她觉得现在年轻人有能力的太多，而她有足够的耐心和细心做好自己的工作，这也是领导赏识她的原因，她要以最好的精神状态投入工作。

她走出房间，女儿还在睡觉。这是个一室一厅的房子，里间是她和丈夫老韩的卧室，外间本来是个客厅，但是一家三口人，女儿欢欢也十八九岁了，只有将客厅改成欢欢的卧室。公司同事说要来家里玩，她总是婉言推托，她觉得要是同事来到家里看到这番模样，会很丢脸。

同事邀请她去家里吃饭，她也不好总是拒绝，吃人三餐，还人一席，既然来家里不方便，就到外面请客，一顿吃下来得花好几百。但有什么办法呢？谁叫自己住在这个破地方。

"老韩，差不多起了啊！"她对老韩说。

"嗯。"老韩答应道。

她推门走了。

2

十分钟后，老韩就起床了，老韩心里有数什么时候起床。他穿上衣服裤子，将锅里烧上水，提着壶里的水准备洗漱，这是妻子走时给他烧的。刷牙、洗脸、刮胡子，再将大茶缸里的茶叶渣倒出来，放上新茶叶，灌满滚水。

茶是妻子在乡下给他买的，三十块一斤，泡出来的汤色浓郁，生津解渴。泡完茶，他又在壶里为欢欢烧了大半壶水。

男人的事并不复杂。他哼着小曲，边往锅里下面条，边喊欢欢起床。

"欢欢，差不多起床了啊！"

欢欢没有答应。

"小懒猪，快起床了，太阳都晒屁股了。"老韩不慌不忙地用筷子搅拌锅里的面条，再往碗里放上酱油、盐、猪油、辣椒、葱花、肉末等作料。

"快起了，一会儿就不好吃了。"老韩有些责怪，但并没有半点怒气。他将煮好的面条夹进碗里，一边搅拌，一边催促欢欢。

"我知道了！"欢欢在床上打了个哈欠，声音懒洋洋的。

老韩将拌好的面条放在一边，又接着拌好第二碗。他走进自己的卧室，呼呼吃起来。欢欢穿着睡衣和拖鞋迷迷糊糊地进了厕所。

老韩看看时间差不多了，在厨房洗了碗筷，拿着妻子留在桌上的一百块零钱，提着茶缸准备出门。

"我走了。"老韩说。

"我知道了，你快去吧。"女儿的声音从厕所传出。

"哦。"老韩答道。

3

这一百块零钱是妻子每天都要留给老韩的，这是老韩的工作所需。妻子拿出一百块钱，老韩在回家时必须交出至少四百块钱来，也就是说，他一天必须净挣三百块钱以上。这是妻子的硬性规定。

在这个家里，妻子控制经济大权，女儿的零花钱，老韩的烟钱，生活开销，请客送礼全由妻子把关。

老韩有时候觉得妻子有些苛刻，但细想起来也毫无怨言。他知道妻子这样给他施加压力是为了存钱，是为了这个家，所以老韩总会心甘情愿地把所挣的钱全部给她，绝不留私房钱。4

老韩疼爱欢欢。

4

欢欢初中毕业没考上高中，打死也不愿意补习，说想去外面打工，她妈妈气得要死，差点打断她的腿，可欢欢这丫头脾气更犟，你越是打她越不服。

老韩也没辙，他苦口婆心地劝欢欢，还是要读书，不上高中去省城上个职业技术学校也行。欢欢一半因为心疼老韩，一半因为对省城充满向往，她同意了老韩的意见。

欢欢来到省城，上了一所民办职业技术学校，学服装设计。然而，这并没有让老韩和妻子省心。入学第一年，老韩就接到学校的电话，说欢欢经常逃课，和社会不良青年鬼混。

妻子知道后气急败坏，决定把她接回来，哪儿也不让去。可欢欢哪会听她妈妈的话，她说，打死也不会回来。老韩也没辙，最后妻子决定，她和老韩去省城守着她。

当时，老韩和妻子在县城里并不宽裕。老韩与人合伙的工程一直没什么效益，年底工地上又死了一个人，妻子在一家服装店打工，辛辛苦苦存的钱全都赔了进去。

从此，妻子变得沉默寡言。她年轻时很漂亮，也很会收拾打扮自己，她原本计划开一个自己的服装店，而现在，一切都成了泡影。老韩心里更难过，他觉得自己欠妻子的实在太多。老韩就这样和妻子来到了省城，为了他们的女儿，又或者说为了新的生活。

女儿在他们的看护下有了改变，老韩和妻子拼命挣钱，准备在这个城市安定下来。

然而生活总是捉弄他们。就在去年，早恋的欢欢怀孕了。这对老韩和妻子来说犹如晴天霹雳。妻子哭干了眼泪，老韩蹲在地上抽烟，一言不发。妻子说，她再也不想在这个家待了，她已经彻底失望了，她收拾衣服准备离开。

老韩突然哇哇大哭起来，他往自己脸上狠狠地打耳光，说，都是我的错，都是我的错，是我没本事。妻子推门准备离开，老韩一把将她抱住，哭得像个孩子。欢欢也跟着大哭，她跪在爸妈面前，说自己错了，再给她一次机会。一家人哭在一起，抱成一团。

欢欢做了手术，待在家里一个月没有出门。她辍学后，整个人变得安静起来。她妈妈叫她来公司上班，欢欢说，她想靠自己。后来，她在一家美甲店上班，早出晚归，变得懂事起来。

慢慢地，日子也总算安稳了。

5

老韩启动了自己的夏利车，慢悠悠地行驶在大街上。

他打量着路旁的行人，他知道哪些是要打车的乘客。

没有想象的那么堵，天气也不错。

"机场，去不去？"一个操着外地口音的人问。

老韩嘀咕着，他一边想该收多少合适，一边想走哪条路划算。

"嗯，你给多少？"老韩试探地问。

"我赶时间，给你一百块，但要快！"

"好！"老韩心里窃喜，心想，打车的话，也顶多五十块钱。

老韩的驾驶技术不错，在部队当兵时就开过车，而这几年的黑车生涯让他对这个城市了如指掌。

一切都很顺利，老韩收了一百块钱，准备在机场待一会儿，看看有没有回头客。

"市区。"一个本地口音的男子问道。

"四十块吧。"老韩说。

"四十？你去抢吧！"那男的语气很不好。

"兄弟，好好说话，你不坐没关系。"老韩有些火气。

"开个黑车，大清早的狮子大开口啊！"男的不依不饶。

老韩并没有和他争辩，尽管心里很窝火，这几年他经历的事太多，他的性格早已不像当初了。况且，他认为，如果和客人发生争执，一天的生意都不好做。

老韩将车开到一边，等了很久，最终，三十块钱将一个人载到市区。

事实果然印证了老韩的预感。回来后，生意一直不好，路也变得堵起来，好不容易拉到人，看到不远处有运管查车，慌忙请客人下了车，也没收钱。

6

老韩的心情有些郁闷，肚子也可能是受到心情的影响，变得很不舒服。他要过两个路口后向右转才能上厕所，他朝那个方向开去。在第二个路口准备右转时，却有客人招手，要去新区，老韩条件反射地把车停下。

老韩接了生意，但他的肚子却闹了情绪。他没有心思和客人讨价还价，而最重要的是距离今天三百块的目标还有一段距离。

路变得越来越堵。老韩皱着眉头，嘴里发出嘶嘶的声音。他想，一定要找厕所解决此事，找不到厕所，找个僻静的地方也行。

到达目的地，老韩的脸变得惨白，额头上沁出豆大的汗，他觉得自己一分钟都憋不住了。他真是后悔，因为新区对他来说有些陌生。他开着车，仔细地看着路边是否有"厕所"的字眼。

路边又有人招手，老韩犹豫了一下，还是决定放弃。

"你好，请问附近哪儿有公共厕所？"老韩摇下车窗问道。

那人说不知道。老韩开着车，觉得从未有过地绝望。实际上，他开黑车以来，偶尔也遇到这样的情况，但都是在老城区，而且也没这样急。他总能很顺利地停车上厕所，一点都不慌张。或者是尿急的时候，趁着车上没人，在等红灯时用一个矿泉水瓶子解决。而今天是拉肚子，而且还是在他不熟悉的地方。

老韩真是后悔，要是今天不与人发生口角，应该会顺利很多；要是不来这边，也不会如此狼狈。

路边又有人拦车，老韩的肚子突然缓解了很多，他决定要做这一单生意。

客人和老韩拉起了家常，老韩突然觉得一下子缓解了好多。

客人刚下车，老韩准备停车上厕所，又见人拦车。

"师傅，回市区多少钱？"一个戴眼镜的年轻人问道。

"五十块！"老韩想，这人肯定不会上车的，他也正好上厕所。

"走吧！"客人迅速坐了上来。

老韩反倒有些后悔了，他想，一会儿要是肚子闹起来怎么得了，但是又怪自己要了高价，客人又爽快答应，自己不能出尔反尔。其实老韩可以直接拒绝的，大不了被人说几句不是，但老韩确实想赚这五十块钱。

老韩的肚子像个心情不定的娃娃，车刚开不久又闹腾起来。他夹着屁股，咬着牙齿强忍着这种痛苦。后座的客人在打电话，一副谈笑风生的样子，没有觉察到老韩的异样。

老韩曾多次想把车停在路边就地解决，可是这一路上根本没有适合停车的地方。老韩很痛苦，他甚至忍不住发出呻吟，然而后座的客人却丝毫没有觉察。老韩感觉自己的思维都不受控制了，握着方向盘的手变得轻飘飘的，曾经熟悉的路都变得陌生了一样。

终于，把客人送到了目的地，收了钱。老韩心里有数，距离今天的任务还有十块钱，他决定把车开到附近上厕所。

7

但刚起步，又有客人招手，老韩的肚子这会儿恰好又变得安静起来，他犹豫了一下，试着问客人要去哪里。

客人要去的地方距离这里很近，他心想，那么长的时间都憋过来了，而现在再憋五分钟，今天的任务就完成了。

然而老韩想错了，他万万没想到，自己大风大浪都经历了，却在阴沟里翻了船。

没有丝毫征兆，也丝毫不受控制，老韩就噼里啪啦拉在了裤裆里。

整个车厢都是令人窒息的味道。

客人捂着鼻子叫停车，老韩说，马上就到了，对不起。

客人说，你赶紧停下。老韩说，马上到了，你再坚持一下。

客人大骂起来，说，你再不停车，我就自己开门了。

老韩这才停了车。客人打着干呕，边跑边骂老韩龌龊。

老韩也没有勇气问别人要钱。他现在也不能载客了，他羞愤交加，但又觉得自己解脱了。他兜着一裤裆屎将车缓缓开回了家，三百块钱，就差十块钱了。

8

老韩回到家，妻子和欢欢都还没有回来。

他洗了澡，换了衣服裤子，将脏衣物洗干净晾晒起来，又把车垫拆下来洗干净，把车里洗干净。

他如释重负，但又想着自己一会儿怎么向妻子解释。

以前，他的车被运管收了，是妻子托关系花钱取出来的；有一次被抢，被打伤，也是妻子拿钱医的。自从来到省城以后，妻子总是不给他好脸色看，时时刻刻都在给他施加压力，时时刻刻都在精打细算。

他坐在沙发上抽烟，想到这么多年来，生活一直很艰辛，自己时时刻刻都谨小慎微，生怕再出乱子，他觉得自己活得也不像个男人，心里莫名地悲伤起来。

9

他正准备做饭等妻子和欢欢下班，妻子却回来了。

"今天怎么回来得这么早？"妻子问。

老韩结结巴巴地向妻子讲述了今天的遭遇，他想肯定又要遭一顿骂。

妻子听得哈哈大笑，老韩也跟着笑。妻子突然又沉默起来，老韩也跟着沉默起来。

"我淘米做饭。"老韩说。

"不了，今天我们到外面吃去。"妻子说。

"为什么？"老韩觉得这不是妻子的风格。

"今天是我四十岁的生日。"妻子说。

"十月初六，你看我都忘了。"老韩拍着脑袋说。

"我，我也没给你准备礼物，你看我……"老韩显得很尴尬。

"你的钱都给我了，你哪还有钱？"妻子说。

老韩嘿嘿地笑着。

老韩和妻子决定等欢欢回来，一家人到外面吃顿好的。

10

欢欢提着蛋糕和礼物笑呵呵地进了门。

"老妈，生日快乐！爸爸给你买的鞋，你试试合适不？"欢欢说着把鞋盒拆开。

妻子坐在沙发上，双眼噙着泪花。老韩在一旁嘿嘿地笑，眼里也噙着泪花。

"我今天也有个好消息要告诉大家！"妻子穿上新鞋后说。

"明天，我们大家都休息一天，我们去把房子的首付交了！"妻子掷地有声地宣布。"咱家哪来的钱啊？"欢欢和老韩都蒙了。

"从牙缝里抠出来的呗！"妻子笑着说。

一家人哈哈笑起来，沉浸在那久违的幸福中。

深秋的黄昏，夕阳的余晖透过窗台洒进屋里。

而幸福，则是一件谨小慎微的事。

你从一座
叫"我"的小镇 经过

见到陈雨的时候，小婉16岁。

那是2006年的一个盛夏，在小镇的第一家网吧里。

身份证和10块钱递过来，是一双修长好看的手。小婉熟练地为他上了机，看了一眼身份证，递过去。这是个英俊的男孩。

南方的小镇，两条主街，最高的楼房是五楼。每隔五天，十二个寨子的人会到这里赶集，一家信用社，数十家商铺，街上放着以前的歌，电视上《超级女声》火得一塌糊涂。

不远处是绿油油的稻田，再远处是延绵的大山。

网吧很小，只有十个位置，但这却是与这个世界联络最紧密的地方。上网的人，小婉大多见过，但她是第一次看到陈雨。

他的头发较长，穿一件白色T恤、一条军绿色的马裤、一双人字拖，随意而懒散的帅，忧郁而自闭的冷。

一连几天，他都在傍晚时出现，安安静静地在一个角落戴着耳机，时而点一支烟。

那些上网的青年，噼里啪啦地敲着键盘，时而骂着脏话，大打出手。小婉见怪不怪，她只负责收钱，上机，结账下机，其他打架扯皮的事，全由网吧老板三哥处理。

有一次，因为好奇，小婉故意借打扫卫生走到陈雨后面，看到他正认真看一支外国乐队的演唱会。

2

这个男孩从何而来？他带着一种特别而清新的气质，与这个熟悉而封闭的小镇格格不入。

小婉觉得自己喜欢上他了，喜欢一个人有时候需要一万个理由，有时候不需要一个理由。

这个美丽的少年在每天傍晚时如约而至，在凌晨时静静离开，小婉从来没有和他有太多的交流。

乌云像魔鬼一样将小镇笼罩，风在狭窄的街道上疯狂乱窜，街道上是人们匆忙避雨的身影。夏天的雨来得毫无征兆，噼里啪啦地打在雨棚和地上。

这一天，陈雨没有来。

网吧老板三哥来了，他醉醺醺地拿走了柜台里的钱。

小婉从傍晚一直等到凌晨，她很失落，是自己一厢情愿的失落。

第二天、第三天，陈雨都没有来。小婉的失落变成了一种悲伤和失望。她心神不定，像失恋一般难过。她害怕陈雨突然就不会再来了，正如他的突然到来一样。

第四天，陈雨来了，小婉的心差点蹦出来。

"你来了？"一直很少说话的她居然说出这一句话。

"嗯。"陈雨微笑着点点头。

"你去哪儿了？"小婉真是后悔自己话多，只是她第一次看到他的微笑，控制不了自己。

"哦，我和父亲去了和平村，在那边待了两天。"那是离小镇不远的一个寨子。

"你去那里干吗？你是那里人？你是做什么的？"小婉问了一遍，只是在心里。

"哦。"她说。

收钱，上机。在一旁的三哥正吃着一碗面条。

"今天话还挺多的，喜欢上这个帅哥啦？哈哈！"三哥说。

小婉的脸唰地变红，不再说话。

3

小婉决定做这件事的时候，挣扎了很久，但她还是做出了这个决定。

"我加你的QQ可以吗？"在一个凌晨，陈雨下机即将离开的时候，小婉问。

"好啊。"陈雨接过小婉递过来的笔和纸，写下了自己的

QQ号码。

陈雨递给了小婉，带着淡淡的笑，消失在夜幕中。

夏天快走到了尽头，稻子结出了稻穗，从墨绿变成了淡黄，蛙声变得不再热闹，夜深的时候，会感到阵阵寒意。

小婉为夏天的离去感到伤感，这个季节有着特别而美丽的回忆，可是它即将过去，就像一个人突然走进你的生活，又要匆匆离开。

她隐约感到陈雨也会像夏天一样，注定会离开。四季轮回，而对于陈雨的爱恋却是日复一日，有增无减。

终于，陈雨在一个凌晨离开。

"我明天走了，你保重！"陈雨说。

"去哪里？"

"去北方上大学。"

"什么时候走？"小婉问。

"明天早上六点的车。"

……

这一天终于到来，尽管小婉早做好准备，可她还是伤心无比，像是失去了一个最爱的人，像是被遗弃在一个最陌生的地方。

她彻夜未眠。

凌晨五点，小婉在车站旁守候着，天还没有亮。最早的一班车还未来，她一个人站在空荡荡的街头。

陈雨来了，他带着简单的行李，与他同行的是一位戴着眼镜的儒雅中年人。

这是他的父亲，在陈雨考上大学的暑假，他带陈雨来这个曾经插队的小镇。

陈雨和小婉笑着点点头。

"你送人吗？"陈雨问。

"嗯。"

"你还会回来吗？"小宛问。

"不一定，到时候看吧。"

……

车来了，再见！

4

小婉加了陈雨的QQ，她看到了陈雨的过去和现在，看到他走进大学，穿着迷彩服参加军训。

偶尔，她鼓起很大的勇气和他说一句话，尽管她时时刻刻都想和他说话。

陈雨也会回她的话，简单地聊几句。

小婉整个人心神不宁，还是那个小镇，还是那个网吧，还是那个位置，只是有的人再也没有出现。

小婉初中毕业，以优异的成绩考上县里的高中。她曾想过自己的未来，想过远方和梦想。可是家里拮据，弟弟妹妹都要上学，她选择了辍学上班，这是她心里永远的痛。

她觉得自己把梦想扼杀了，或者是深深地隐藏了。可是遇到陈雨，她心里却变得不安分起来。

她想，要是再去念高中多好，一定要考上陈雨读的大学，即使不是同一所大学，也要考去同一个城市。

这种想法让她兴奋不已，但一冷静下来又觉得绝望无比，她每个月的工资都用作补贴家用。自己十六岁了，也许这个梦想，一辈子都不能实现。

小婉变得心神不宁，或是陷入深深的沉思。

网吧老板三哥没有责怪她，只是带着一种怪怪的笑，有时候故意碰触她的身体，让小婉感到尴尬而厌恶。

时间就这样流逝，又过了一年，小婉十七岁。

那天晚上，三哥喝醉了，对小婉说，我喜欢你，小婉。

小婉没有理他，她觉得自己和三哥从来不是一路人。

小婉说，我想辞职，离开这里。

三哥说，我给你加工资。

小婉拒绝。

三哥说，小婉，我知道你和我不是一路人，你还惦记去年的那个男生，但是请你考虑清楚，你们根本就不可能。你辞职我不反对，但是你现在能做什么？你家里人都等着你挣钱，你跟我吧，我的钱就是你的。

小婉哭起来，说，不。

……

那晚，三哥把小婉抱上了床，小婉无力挣扎。

第二天，三哥给了小婉的家人一万块钱。

小婉出奇地冷静。

一天，她将自己梳洗打扮，坐上了小镇开往县城的第一班车，她记得有一天，她喜欢的男孩坐上这班车离开了这里。

她要离开这个该死的地方，去陈雨的城市。她决定要为自己而活，去找一份工作，靠近陈雨就够了。

5

火车跨过秦岭淮河，到达华北平原，再一路向北，经过三十多个小时的车程，终于到达。

找一个小旅馆安顿下来后，她四处打听，终于找到了陈雨读的大学。

她谨小慎微地走在校园中，一个人坐在校园里。她想，陈雨一定走过这些地方，她也想着自己与陈雨重逢的场景，而她始终没有联系他的勇气。

她没想到北方如此寒冷，这一路疲惫不堪，她感冒了，头重脚轻，又跌跌撞撞地回到了旅馆。

她躺在床上，在QQ上给陈雨发了一条信息：

"你在干吗呢？"

"参加朋友生日聚会，你呢？"那边回。

"我在你的城市，我想你了，陈雨！"她把这行字打了出来，又迅速删掉。

她意识昏沉，昏昏睡去。

一天后，她被顽强的电话铃声吵醒，是三哥。

"你在哪里？告诉我！"三哥的语气很冷静。

小婉告诉了他。

晚上，三哥出现在小婉面前，抱着她去了医院。

小婉在病床上醒来，三哥坐在床前，端着一碗汤。

他没有责备小婉，只是认真地吹冷勺里的汤。

6

第二天，三哥和小婉坐上了回南方的飞机。

小婉在登机前给陈雨发了一条信息：

"我爱你，再见！"

然后，迅速拉黑了那个QQ号码。

……

2016年，小婉二十六岁，已经是三个孩子的妈妈了，以前的网吧已经扩大了规模，小镇的变化天翻地覆。

"你好！"

"你好，上网吗？"柜台的小妹问道。

"是的，小婉还在吗？"一个熟悉的声音。

"老板！"小妹喊道。

小婉抱着一岁的儿子出来，看到了陈雨。

……

陈雨的父亲过世，他回来再看看父亲曾生活的地方。

两人愣了一会儿，彼此微微一笑。

"你好！"

"你好！"

......

时光一去不返，那些记忆早已随着时间的洪流越来越远，只是在一个不经意的瞬间，小婉会怀念那个夏天和那个少年。

所有的歇斯底里，所有的刻骨铭心，都将被生活淹没，最后，云淡风轻。

你只是，从一座叫"我"的小镇经过。

We

are

young

,

lonely

and

helpless

最好的安排

一切都是

第四章

尽最大的努力，
做 最坏 的打算

我的笔名叫"丫头的徐先生"，因为我姓徐，我叫媳妇"丫头"，所以就叫这个名儿。

有朋友说，真是明目张胆秀恩爱，心思细腻文艺男。

其实我是个粗糙的家伙，比如我经常忘记我媳妇的生日，过后，买礼物负荆请罪，她却是呵呵一笑，失望至极。

所以，我决定用这个笔名表达我的真心，我决定，要把她的生日刻在骨子里，铭在心房上，就算忘记自己的，也不能忘记她的。

一年前，我说，我要用三年时间给你准备一个特别的生日礼物，你想要什么，尽管开口，千万别客气。

她说，你写本书送我吧。我说，没问题。

我不经过大脑就答应了，实际上，除了语文课上的作文，我从没有正儿八经地去写作。

三年时间，要出版一本书，真是胆大妄为、恬不知耻，想起来真是后怕，但是，试试吧，不试试怎么知道不可能。

于是，我决定写作，在一个无聊的夜晚，我用手机九宫格输入法，两个拇指开工，写了两千字。

第一篇文章出来，是关于一只被杂货铺收养的土狗，发在了朋友圈和微博上。没想到，好几个朋友点赞和评论，他们说，写得不错！

我很高兴，也一发不可收拾，我写狗，写人，写吃饭，写睡觉，写友情，写爱情，写生活里所有让我有感触的人或物。

我给自己定了一个目标，每个星期写一篇文章，一个月四篇，一年写五十篇，三年一百五十篇，一百五十篇里总有三十篇能凑成一本书吧。

就这样一直坚持，当然也有懒惰的时候。有一次，两个星期都没动笔。我觉得该写的都写完了，确实找不到什么素材了。

但是，两个星期后，我又迫使自己动笔。

有时候就是这样，你不逼自己一把，都不知道自己的小宇宙还没爆发，以前看过的书、读过的字都化作文思，潜移默化地形成了我写作的思维和风格。

吃老本当然不够，还得从生活中、从书本里获取新的知识和灵感。

有一次，我向微博上一个大v投稿，没想到居然被采用了，这让我信心倍增。

就这样写了半年，差不多五万字了，这时候我遇见了简书，第一次上了首页，第一次收到如此多的评论和点赞，第一次收到微信订阅号的授权请求。

慢慢地，写作融入了我的生活，我很享受这种与自己独处、放任思维驰骋的感觉，享受文章被首页推荐、被读者点赞的快乐。

很多无聊的时光变得充实，写作代替了喝酒发呆，代替了漫无目的地游走，代替了胡言乱语的应酬。

它的乐趣在于：比如，我用心去剖析生活中的真情和苦难，把它们化成文字，自己被自己感动；比如，我构思一个故事，假设各种妙趣横生或充满遗憾的可能；再比如，我读一个故事给媳妇听，她感动得泪流满面。

我记得，第一年高考，我数学只考了20分，后来补习，发誓要考上心仪的大学，挑灯夜战，废寝忘食，从零基础考了98分，最终如愿。

刚弹吉他那会儿，有个同班的胖子弹得比我好，当着女同学的面"侮辱"我，后来我在家闭关苦练，几个月后超过了他。

其实就是自尊心作祟，看到自己热爱的，而别人做得比自己好，心生羡慕，就和自己死磕。

而工作稳定了，家庭也稳定了，我就越怕失去这种死磕的劲儿。

所以，我是在和自己死磕。

写了一年，取得了一点成绩，文章被一些大V转发，被读者赞扬。我离曾经给媳妇的诺言也越来越近。

几天前，一家出版公司和我签了一本书的合同。

媳妇在厨房里忙碌，她把肥硕的鱼腥草择成一截截，准备用来做晚餐。

我问媳妇，要是三年时间都没能完成这个诺言，你会不会看不起我？

她哈哈地笑，说我太傻，当时只不过是随便说说而已。

一年前，我打算给自己三年的时间去积累，去改变，没想到提前实现了，但我高兴一会儿后，又变得极其平静。我突然觉得，我又有了新的感触，我收获的，远不止眼前。

天上只会下冰雹，不会掉馅饼，所有的机会都得靠自己争取，这是必须要走的路。

做最坏的打算，得到的是意外的惊喜，得不到，心里坦然，不会有落差。

不光是写作，还有生活。

我待生活
如 初恋

/

一个国家二级心理咨询师问我，把你从一万米的高空扔下，你会怎么办？我说，丧失意志，屁滚尿流，难以想象。老师说，你为何不静下心来，以一种淡然的心态，欣赏这高空的美景？

若不是人多，我真想骂她几句。你说"心静自然凉"，我把你丢进火坑里，你凉得下来不？

我也讨厌别人对我苦口婆心的教诲，从来都是。从小到大，什么该做，什么不该做，该怎样去做，我们总活在别人规划的人生里。

我的人生不需要导师，即使你很成功，但是每个人都不可复制，自己的路还得自己去走。事实上，我是热爱生活的，我也并非执迷不悟，顽固不化。一个道理放在那儿，我知道它没有错，可是我还想不通，还悟不透，所以，请你给我时间。

我更喜欢你当我是朋友，我们喝茶，而不是喝酒。你不装×，不矫情地说说你的感悟，好的坏的，我都愿意听。

大学毕业，工作了五年。关于生活，我现在喝着茶，不装×，也不矫情地说说我的一些小感悟。

2

刚毕业，爱情面临距离，理想面临现实，而大部分的我们不是官二代和富二代，所以还得靠自己。

留下也好，回家也罢，必须是自己做决定。我的意见是听从内心，倘若你确实不想回家，那就别回去。倘若你拿不定主意，那就回去，至少陪在父母身边不是坏事。

但是请和父母好好地说，把你的耐心留给他们，合情合理，一点都不过分。回不了家就多打电话，多惦记他们。有矛盾、有隔阂很正常，但只要有心，时间会帮你化解。

爱情是个奇妙的东西，我见过十年八年的长跑，云淡风轻地分了手；我见过两个月的热恋，轰轰烈烈地结了婚。若是两人足够爱，什么都不是问题。所以，距离、父母的意见、生活的压力都是客观的原因。

若是因为这些问题分手，那就让它随风去。牙齿拔了不会长，爱情丢了可重获，你可以难过，但是别死去活来地折腾很久。

3

之前我写过一篇关于"管住嘴"的文章，现在还得说这个问题。

大学毕业的你，血气方刚，个性张扬。但是，不管在哪个公司、哪个单位，你都要低调。你被当作廉价劳动力，这一点，你必须面对。或许你不服，你觉得自己牛×哄哄，但你不是高晓松。你可能读了万卷书，但可能还没行万里路，所以，请勿夸夸其谈，请勿恃才傲物。少说话，多做事，肚里有货，心才配有远方。

4

有很多文章推荐读好书。

我理解的读书有两个好处：一是学到技能和知识，拓宽思维方式；二是在这物欲横流的世界中，戒骄戒躁，获得安宁。

但我不建议只读书，学习的方式千百种。比如，你喜欢一个人，你想想，他身上的闪光点是什么，是说话让人舒服还是办事让人放心？当然，不是要求你成为别人，取长补短，只会让自己越来越优秀。

你不会使用Excel表格，不会与客户沟通，不会重置路由器，不会修理打印机……都没关系，没有人天生就会，但是得学，艺多不压身，这个道理你懂的。

学习，有时候要迫使自己，因为你有不甘落后的自尊，因为知识可以给你带来效益。

5

日子不会永远安宁。是的，这句话很残酷，但确实如此。生活和工作中总会有不顺心的时候，你处理好一个问题，轻松几天，新的麻烦又会找上门来。

有句话说："人这一生，得意和失意各占5％，而90％都是平淡。"是的，我们总是忍受着5％的痛苦，追求5％的幸福，在90％的平淡中度过。

在艰难时，请耐心等待，耶稣被钉上十字架，全世界都是黑暗的，但是三天后就是复活节。在成功时，请勿得意忘形，福兮，祸之所伏。所以，请接受大部分的平淡，坚韧、耐心地去面对生活。

6

这一生，其实不长。你一年见不了几次父母，去不了几次远方。

每一个人都是你生命中的过客，他们只是在不同的时间出现，陪你走一段路而已，所以，请珍惜。

我从不吝惜将时间花在柴米油盐上，花在与爱人耳鬓厮磨上，花在听父母说家长里短上，花在陪朋友喝酒喝咖啡上，花在弹琴写字上。

这是生活的重要组成部分，所以我心甘情愿。理想也只是生活的一部分，但我不愿意生活中只有理想，因为那太自私，那会辜负很多爱自己的人。

未来，我不知道生活会给我什么惊喜，也不知道它会给我什么痛楚，但是我知道，每一天都一去不复返，每一天都崭新光亮。

　　所以，我爱它，像初恋一样地爱。

你这
优雅 的 贱人

大学毕业的大牛没有拿到毕业证和学位证。

挂科太多，又不去补考，怎么会拿到毕业证和学位证？

大牛从来就没有在大学努力过。考这个专业的时候，他对他爸说，他在省城里找了个配音艺术家，现在正跟着老爷子上课，时不待人，速打钱。

上大学这种事，他爸不敢有半点怠慢。结果，大牛把钱全花在麻将室，在那些县城没有的新鲜事物上挥霍一空。

没有上一节专业课，但他还是毫不费力地考上了大学。

在大学寝室的第一个晚上，大家兴奋得睡不着觉，各自说点有意思的事。大牛唱了一段《沙家浜》，再惟妙惟肖地模仿了各国A片里男主角的呻吟，大家啧啧称奇，拍手称赞。

老师说，学播音主持的你们应当多读书，增强文化底蕴。

当我们在如饥似渴地看萨特、看马尔克斯、看莫言的时候，大牛拿的却是《易经》、佛教方面的书了。

当我们都质疑他装×时，他对我们嗤之以鼻，并熟悉地说出六十四卦的大体含义和占卜方法，时而见他用一些道具在桌上排列卦象，若有所思。

他大部分时间都在寝室宅着，上网、睡觉，很少去上课。偶尔心血来潮，他会把寝室收拾得整整齐齐、干干净净，给下课后的我们一个惊喜。

待晚上，他洗澡洗头，刮胡子，换上干净体面的衣服，喷上香水，准备夜不归宿。兄弟们看着眼红，他很贱地说，没事儿，我把你们的劲儿一块使上。

关于专业，他天生有一副磁性而厚重的好嗓子。有时候我们起很早，拖着他去后山练声，大家"嘿嘿哈哈""天高云淡"地开嗓，他却打起太极拳来，闭着眼睛，神情舒缓，阳光洒在他的头发上，像个中年人。

朗诵考试的时候，他睡到临考前进了考场，老师坐在教室中间，念到他名字，他上台，闭上眼睛：

十年生死两茫茫，

不思量，自难忘。

千里孤坟，无处话凄凉。

......

他没有伴奏，我们也没有听他准备过。他闭上眼睛，声音四平八稳，接着，脸上的肌肉随着感情的起伏开始抽动，声音如一把利剑，铿锵有力，情绪恰到好处，让人动容。我们听得都起了一身鸡皮疙瘩，老师给了他全班最高分。

有一年学校举行辩论赛，各专业的善辩者摩拳擦掌，踊跃参加，大牛被拖着去，一路舌战群儒，过关斩将，后来得了全校最佳辩手。

的确，很多时候他都毫不费力，他少年老成，极具天赋，但是这样的人却恃才傲物，懒散堕落。在大三大四，寝室里基本上见不到他的身影。他游走于大街小巷，去咖啡馆约会新欢，去小巷打一整天的麻将，偶尔回来，身无分文，兄弟们骂他贱人，他点头哈腰，连连称是。

他时常有这样的耐心，比如陪着你彻夜长聊，以自身经验开导你，感叹人世虚无，世间冷暖，造化弄人，直到你沉沉睡去；比如，陪着你大街小巷地窜，帮你挑一件衣服，选一个包，他嘴里叼着烟，走一天的路都不会觉得疲倦。

一转眼，大学就这样完了，大牛这样的人是得不到毕业证的。

2

毕业后，他母亲逼着他考公务员，他在临考前百度了一下《申论》和《行政能力测试》的含义，就进了考场，做了一个小时后便睡着了。谁都以为他只是去试试，可是，他的成绩居然不错，进了面试。但他死活不去面试，他母亲被他气得半死。

他说，就是想看看公务员考试到底怎么回事，仅此而已。

面对家人的压力，他选择了逃避，后来，他在一个小旅馆里住着。

旅馆的老板娘是个离异的妇人，半老徐娘，风韵犹存。大牛与她在麻将馆里认识，大牛告诉她，他在大学学的是性学，专门研究男女性爱之事，从弗洛伊德说到莎士比亚，这个有点文艺诉求的女人对他敬仰不已。

大牛说，与妇人开玩笑可以不拘小节，但要像挠痒痒一样恰到好处，让她们欲罢不能。于是，出于各种原因，她把浪迹市井的大牛叫到了自己开的旅馆。

这个旅馆是低价位的住宿地，住宿的人都是贩夫走卒、小摊小贩，十足的江湖味儿。老板娘的温柔只对大牛一人，对此类人的嬉皮笑脸总是报以冷漠。

大牛认识了一个住宿的和尚，和尚以给人看风水、面相为生，在民间小有名气。大牛告诉和尚，他十七岁便皈依佛门，按字辈，他与和尚的师父一辈。口说无凭，大牛自然有让他信服的能力。比如，与和尚聊大乘佛教和小乘佛教，聊佛家的"苦、集、灭、道"，聊佛教的普度众生，和尚心服口服，对他尊敬有加。

有一天，和尚说，牛兄，我有个法事没时间去，您帮我去瞅瞅怎样？大牛说，妥。

于是，一个土豪模样的中年人跟在后面，前面是背着手、不紧不慢的大牛。中年人的夜总会生意不好，请师父来看风水，大牛成了师父。

　　"山关人物水关财"，"流水向，财流光"，"不怕青龙高万丈，只怕白虎抬头望"……大牛说得头头是道。

　　大牛穿着长衫，一支烟吸完，准备找个地方扔烟头，那人赶紧递来烟灰缸，诚惶诚恐地接住。

　　一场滑稽而又严肃的法事做完，那人往大牛兜里塞了红包，大牛大摇大摆地走了。

　　后来，旅馆老板娘的前夫回来，与她陷入了争执；小和尚陷入一桩刑事案件，无故失踪。大牛告别了旅馆，又回到了市井生活。

3

他没怎么吃过苦，尽管他显得阅历丰富。他还是在麻将馆里和一群妇人厮混，他们讨论清一色该怎么和，隔壁老王昨晚上做了什么。

我说，大牛，你真是个贱人！你贱得有血有肉，但不够从容优雅，你满腔的才华应该放出光芒，而不是被这市井的生活所埋没。

他总是消失一段时间，隐姓埋名，离群索居，或是去南方一所大学任教，或是去澳门赌一把，从来都不知下落。

我们很久不见，有一次在超市里，我看到一个穿着睡衣的家伙匍匐在购物车上滑行，动作十分滑稽。

扭过头，我发现是那张熟悉的脸。

"大牛！"我喊道。

"我靠！"他看到我，愣了一下，笑着走了过来。

大牛在超市买菜，苿着一个背着背篓的小伙子。他说，这是他的合伙人。

他开了个快餐店，做好饭菜后卖给附近写字楼的白领。

第二天，我打电话点了他家的餐，与他合伙的小哥送了过来，死活不收钱，说是老板打了招呼。

有时候忙不过来，大牛会亲自送。他的胡子和头发都有些长了，带着一身油烟的味儿。是的，这就是我的大学同班同学，大牛。

我很欣慰，尽管这并不是那么体面的工作，最起码他在踏踏实实地做事。

有时候，我去他那儿吃饭，他下厨，我们喝点酒，说起从前。他说，生意并不是很好，先做着看看。

我们彻夜长谈，他说，他唯一牵挂的是母亲，也渴望一份真正的爱情。

走时，我把所欠的餐费偷偷放在了沙发上。

后来，他的馆子倒闭了，他的手机号码也换了。从此，没有任何他的音讯。

4

有一次，我看见了与大牛合伙做外卖的小哥。

他依然一副眉清目秀、唇红齿白的模样。他站在一家大公司门口，像是在等人。

我的车停在不远处，后来，我看到一个梳着背头、打扮前卫的男人走出来，小哥带着恋爱般的喜悦，恨不得上去拥抱他。

那个走出来的男人是大牛。

请珍惜，
一切 都是 馈赠

/

有一年，我一个兄弟刑满释放了。

我和他在路边的烧烤摊喝啤酒。他说，你不知道坐牢有多痛苦，我宁愿在外拾荒，做最苦最累的活儿，也不愿再进去了。

他犯的是故意伤害罪，在监狱服刑了两年多。

我敬他一杯酒，祝他重获自由，愿他从此光明磊落，善待生活。

但几年过去了，他并没有变好。他没有一份正当的工作，游荡在大街小巷，开着面包车去赌博，拿着刀寻衅滋事。

他的眼睛里是暴戾，是不安。

我说，你离你之前的想法越来越远了，离你厌恶的监狱越来越近了。

他说，没办法，做不了其他事，只能吃这口饭。

做不了其他事，其实是不愿面对平凡的劳动和生活，在利益和享乐的驱使下，又铤而走险，重蹈覆辙。

可是兄弟，你忘记了曾经的伤痛，忘了你刚自由时发自肺腑的感慨。

不出所料，他又一次被公安机关抓获，父母和女友哭红了眼，操碎了心。

那些平凡的幸福对你来说，是理所当然。你总想着出人头地，有钱就是幸福，可是却忽略了身边最真实的爱和关怀。

每个人的命都掌握在自己手里，而这是你的道路。

2

没有十全十美的生活。

好像总是会事与愿违，总是要反复折腾，总是要默默付出，总是要耐心等待。十七八岁的时候，偷偷看心爱的人，写一封信，说一句话，内心都悸动不安。憧憬着未来，幻想着爱情，可是又得把自己埋进题海，睡得比狗晚，起得比鸡早，为高考竭尽全力。

我们穿着一样的校服，都是一样的素净的脸，从没有电影里那般夸张和精彩。

但这就是我们的青春，它只有这一次，波澜不惊也好，念念不忘也罢，它真实美好，一去不返。

刚入大学的我们，像是获得了自由，不用偷偷地躲着抽烟，可以光明正大地恋爱，通宵达旦地喝酒。

我们迷茫又肆无忌惮地挥霍着青春。

快毕业的时候才知道自己恍恍惚惚地过着，有的同学准备考研究生，有的同学参加了公务员考试，有的同学工作有了着落。

而自己好像后知后觉，晚了一步。

人生还没到尽头，所以我们不应该安于享受、停止向前。

多学一门技能，多看一本书。

即使生活平凡无奇，我们也得去珍惜，去努力改变，让自己充实。

工作了。

你固执地留在大城市，起很早，让自己淹没在人潮拥挤的地铁，踏踏实实完成老板交代的任务，小心翼翼地面对骄傲的客户。

报表、方案、例会、业绩，每一项工作都让你费尽心思。

有同事升职了，有同事辞职了，而你在平凡地坚持。

结婚了。

你走进菜场，看那些五颜六色的蔬菜，计划着今天吃什么，你买了新鲜的排骨，打算为爱人煲一个汤。

你们在一起享受一个周末，去郊外看看被遗忘的四季，读一首诗，看一部电影。发奖金了，你给爱人准备一份礼物，给父母汇一笔钱。

第一次做了父母，生命里又多了一个人。大部分时间你都在平平淡淡地过，只是偶尔，一些美好的事物悄悄降临，它们让你喜悦而幸福。

3

有时候，喜新厌旧并非一件坏事。

买一部最新的手机，换一个最潮的包，我们有善待自己的权利。

而对待身边的人则不可以。

多少人曾爱慕你年轻时的容颜，可是谁能承受岁月无情的变迁？

皮肤会松弛，头发会花白，睡思昏沉，皱纹爬上额头。

时间残酷，它把你我朝着衰老的路上带。

我们毫无办法，但却得面对。

贫贱之交不可忘，糟糠之妻不下堂，愿我们敢爱如当年。

总有人飞黄腾达，总有人默默无闻。而幸福的本质不应该完全建立在经济基础上，它更多是内心的感受，是爱一个人的胸怀，是静默如初的陪伴。

高晓松说，这世界不止眼前的苟且，还有远方和诗。

于是有人觉得：辞职吧，去远方吧，做自己想做的事，开始新的生活。

可是，谁说眼前的就是苟且？

我们活在这世上，绝大部分人诚实劳动，合法经营，靠自己的双手养活自己，何来苟且之说？

我们努力奋斗，买自己想要的包，爱自己所爱的人，谁的生活不是如此？

高晓松还说："我没有买房，买了房只有一个地方属于自己，不买房，全世界都是我的家。"

可是你要知道，他说这话的前提是他可以在全世界很多地方买房。

不努力挣钱，难不成走路去远方？

诗，是面对生活的态度，是安抚内心的良药，心中有爱，善待生活，就会有诗。

4

漫长的人生路，我们好像要走很久才能到达终点。

可是细算下来啊，活100岁，这一辈子才三万多天，而我们能活到100岁吗？

你走在大街上，阳光洒在你的肩头，风从远方赶来拥抱你，你爱的人也在你身旁。你没有失去自由，你还是年轻的容颜，你还有很长的路可走，还有很长的思念可说。

这就是平凡的生活。

唯有珍惜，因为一切都是馈赠。

一切都是
最好 的 安排

一个好友打算来贵阳工作，但出于种种原因，未能如愿以偿，他很沮丧。

刚开始，我也觉得很遗憾，但想了想又对他说，你留在大城市也好，那里竞争更为激烈，所以你要时刻奋斗，不敢松懈怠慢。

好处有：其一，忙起来比较充实，好入睡；其二，专业技能会越来越强，这是终生受用的财富；其三，付出与回报成正比，经济收入增多，你在想到房子和车子的时候，不至于那么惶恐。

关于友情，我说，聚散随缘，分开未必是坏事。

其一，即使在同一个城市、同一条街道，我们忙忙碌碌，也未必会常见面；其二，千山万水有尽头，车马邮件都很快，见面也不难；其三，不在一个城市，相见会期望，分别有感慨，彼此有念想。

朋友说，你说得也是。

2

一个年少时的好友，我们情同手足。

高考落榜后，他一蹶不振，和社会青年厮混，骄横跋扈，惹是生非。

后来因持刀伤人，锒铛入狱。

这一别就是三年。

再次相逢，他剪短了头发，在一家餐馆当主厨。

我问他还在弹琴没有？他笑了笑，伸出了左手，我看到他没了食指和中指，他说，残废了，只能炒菜。

那年他和别人发生争执，动刀将别人砍成重伤，他的手指也被砍断两根。

他笑笑说，出来混总是要还的。

夜深了，馆子闭门谢客，夏天的巷子变得凉爽安静，他炒了几个家常菜，我们在树下对酌。

几年前，我为他着急和担忧，他的父母也常在电话里对我哭哭啼啼地诉说，我们都苦口婆心地劝导他，但却无济于事。

还好，他未死于乱刀下；他回到了我们的生活，我们依然年轻；他改头换面，自食其力，笑容恬静。

3

因投资失误，他亏损了不少钱，生活变得拮据。

家人懊悔不已。

我说，一棵挺拔的树会在一场暴风雨中夭折，一个健壮的人会在一场车祸中毙命。世事难料，旦夕祸福本就是生活的常态，只是时间和概率的问题。

家人还是难过。

我说，我饭量好不好？答，好。睡眠好不好？答，好。我说，这就对了。我这么年轻，身体也好，这辈子那么长，这点钱那么少。

选择高回报是因为侥幸，选择我是与你一起分担。

4

我时常想，如果当时告诉你，我爱你，是不是就会相亲相爱，终成眷属？如果当时多一张车票，你是否就会与我一起去看世间繁华，四海为家？

其实你的出现不早也不晚，倘若你消失，那也应是应了这急景流年，不急也不慢。

年少时爱得贪婪，想过很远的未来；年长后爱得安稳，想着幸福就是当下。

正如一粒种子，吸收养分和阳光，生根发芽，历经风雨，成长开花。有人路过，欣赏过她的美，有人路过，闻过她的香。

然而，总要经历一些人一些事，我才能安稳地站在你身旁。

如果有来生，
愿能 再见 你

/

大学报到第一天，一推开寝室门就看见大飞坐在床上。

他将腿搭在凳子上，留着艺术家般的长发，一张感觉快三十岁的脸。

"师兄，你好！"我掏烟递上。凭我的直觉，他应该是快毕业或者是读研的师兄。

"嗯。"他哼了一声，接过烟，我更确定他是师兄，而且是个专业牛×的师兄，因为只有这样才能有这般傲慢的气质。

"师兄哪个专业的？"我笑着问。

"钢琴。"他轻描淡写地说。

"哦，以后请师兄多多指教，我也是钢琴专业。"

大飞毫不谦虚地和我聊起了钢琴和音乐：莫扎特和肖邦的作品，大小七和弦在伴奏中的应用……他说，音乐需要感觉，演奏需要感觉，总之，一切都需要感觉。

两个小时后，我才知道这厮和我是同一级的新生。我借故买烟推门离开。

后来，我多次提起初次见面时他装×的模样，他嘿嘿笑着说，我高中补习了三年，按理说也算是师兄嘛！

我说，补习了三年才上这破学校？他说，当时江湖血雨腥风，而我身负道义，兄弟们需要我，我的女人也需要我，要不然早进中央音乐学院了。

大飞无数次和我说起他的女人，在我们无数次喝酒的夜晚，说得惊天地泣鬼神，说得自己悲壮无比，说得自己动了容，眼里泛着泪花。

2

大飞走在校园里，显得格外扎眼，不仅是因为他艺术家的长发和气质，还因为从秋天到冬天他一直穿着一件黑色风衣。很多同学都误以为他是师兄或者老师，大飞沾沾自喜。

他的脸上总挂着一种"这事儿我摆平！""兄弟，有事找我"的江湖气质。

而这种气质，我想应该是和他热爱的电影有关。夜深人静，他便用我的笔记本看电影，《英雄本色》《古惑仔》等电影翻来覆去地看，每个细节都能倒背如流，却又沉醉得无法自拔。他桌上放一瓶二锅头，看得热血沸腾，边喝酒边自言自语。

第二天早上，叫他起床上课，他翻身坐起来，却不见穿衣洗漱，只见他掏出烟，用高仿的Zippo火机点上，悠然抽起来。我说，大飞，你不上课？大飞犹豫了一下说，我还是不去了，你们一学期的课，我只需要去琴房练几天就可以了。

大飞会好几样乐器，但又不精通，好像懂好多理论知识，但实际操作又不娴熟。

期末考试快到了，大飞从床上爬起，穿上了他的黑色风衣，大摇大摆地朝琴房走去。下午接到他电话，给他带了一盒炒饭赶到琴房。地上放着空酒瓶和一堆花生皮，他说，身上就剩下十块钱，还是买了酒，宁愿饿也不想失去练琴的感觉。

大飞的生活费基本上都花在了请人喝酒上，每个月都捉襟见肘。他也时常向我开口，但又死要面子，从不当着别人的面。他说，第一次见面就觉得和我是兄弟，欠我的情他永远记在心里。

有天晚上，在寝室过道，我和体育系几个醉酒的师兄发生争执，大打出手。大飞在寝室听到动静后，立马跑了出来。

"谁他妈动我兄弟？"大飞指着对方问道。

"我，要怎样？"对方说。

"跪下，给我兄弟道歉！"大飞想用那种很江湖的气质压住他们，但我明显感觉到他的声音有些颤抖，他的气场并不像他所讲的那样强大。我和大飞又与他们陷入混战，大飞打得很卖力，也吃了不少亏。

他的江湖气息显得有些过时和滑稽，尽管他平时牛×哄哄，嗜酒成性，但我听到过他颤抖的声音，也看到过拳头凶狠地砸在他头上。

我对大飞说，别他妈再喝酒了，再喝人就废了。

大飞说，何以解忧？唯有杜康。

我问，忧从何来？

他长叹一口气说，还不是那个女人。

高中时，大飞和那个女孩谈恋爱。他说，这是他的初恋，他很爱那个女孩。后来一个社会上的混混也喜欢她，大飞为这个女孩和那个混混打了几次架，反复折腾，最后女孩辍学，走时告诉大飞，她永远是他的女人，从此下落不明。

我说，这事儿就别说了，重新找个吧，你条件也不差。

他说，你真的这样认为？大飞展现出他从未有过的不自信。

我说，是的。

3

大飞决定开始新的恋情。

那个很妖娆的女孩走进了大飞的心里。大飞说，这和他的初恋感觉很像。我说，这个女生并不适合你。大飞说，爱情和音乐一样都需要感觉，这一刻，他的感觉来了，来得很汹涌，来得很澎湃，不可阻挡。

只有在外面吃饭喝酒，以及需要大飞帮忙的时候能看到那个女孩，其余时候都是大飞孤零零的一个人。我说，大飞，这事儿靠谱不？大飞说，快了，感觉马上就要正式成为男女朋友了。

遇见那个女孩后，大飞明显感觉经济跟不上，他决定要创业。他骗家里说要买台合成器，实际上是承包了学校里一个小馆子。

大飞踌躇满志地创业了。他炒好鱼香肉丝、回锅肉、麻婆豆腐、蒜薹肉丝后蹬着自行车往寝室赶，他的长发在风中飞舞，他的黑色风衣也在飞舞。

大飞每次都会给我带一盒饭，免费的。我说，不收钱我就不要了。大飞很严肃地说，不把我当兄弟看？

大飞的生意并不好，一是因为大飞的厨艺并不出众，二是因为大飞送餐的速度跟不上。大飞的风衣被偷了。那天阳光很好，大家纷纷拿被子出去晒，大飞脱下了他的黑色风衣，也拿出去晒。我说，都穿一个学期了，得拿去洗。大飞说，不用，阳光就是最好的清洗。下午大飞去收的时候发现风衣不见了，怎么找也找不到，急了，就站在宿舍下面破口大骂，谁他妈这么不懂规矩，敢动老子的衣服？老子知道非得弄死你！

我说，大飞你别骂了。你那衣服估计送人也没人要。可能别人以为是垃圾，收进垃圾桶了。大飞愤愤不平，我说，你重新买件衣服吧。大飞翻了半天柜子，拿出几件夏天的旧衣服。我终于知道，他为什么总穿着那件黑色风衣了。我说，我这儿有一件衣服我穿着有点大，你试试。大飞说，这不太好吧？我说，你不把我当兄弟？

大飞的馆子倒闭了。

大飞的爱情也没有新的进展，女孩对他更加冷漠。

大飞躲在寝室借酒浇愁。

那天，我对大飞说，出去散散心，恰好咱们专业有文艺汇报演出。

大飞揣着喝了一半的二锅头和我出了寝室。

他摇摇摆摆地走在学校里，感觉像个不输气质的战败大佬，借着酒精，他的脚步气势汹汹，路人有意躲避。

我们走进了演出的大礼堂，找位置坐下。

大飞看着台上的演出，心不在焉又若有所思。

他喜欢的那个妖娆女孩登场了，她的节目是与一个女孩合唱一首Rose rose I love you，她一上场，大飞就显得很不安，他不停地将瓶里的酒往嘴里送。

那个女孩在台上扭动身体，带着伪爵士的唱腔，十分妖娆。

"你说她是不是个婊子？"大飞突然问我。

"小点声。"我提醒他。

"她就是个婊子！"大飞声音很大，周围人投来异样的目光。

"走！"我赶紧拉着大飞准备离开。

"你别拉我，她就是个婊子！"大飞情绪失控，将手里的酒瓶猛然朝舞台上砸去，不偏不倚，正好砸在那个女孩屁股上。

女孩吓得哇哇大叫，全场混乱，演出终止。

"婊子！"大飞声嘶力竭地骂道。最后他被我们生生拖了出去。

大飞被处分，留校察看。

大飞仿佛走到了人生低谷。

4

有一天，大飞突然来了精神，他出去理了发，哼着小曲把寝室打扫得干干净净。

他告诉我三个重要决定：

第一，他找到了高中时爱的女人。

第二，他决定去酒吧跑场。

第三，他决定搬出寝室与他的女人同居。

大飞说，那个女孩也在这个城市工作，在一家酒吧当领班。他是从高中同学那儿打听到她的联系方式。大飞说，那个女孩依然爱着他，这是失而复得的感觉。女孩说，她们酒吧缺演出的乐手，叫大飞来，俩人有个照应。

5

大飞搬出了寝室，我帮他把行李搬到了女孩的住所，见到了那个让大飞念念不忘的女孩，那是一张胭脂粉底很浓的脸。女孩热情豪爽地请我们喝酒。

大飞仿佛找到了阔别已久的自己，他搂着那女孩，好像不用刻意声张却又要全世界都知道，这是我大飞的女人。女孩老练地点燃一支烟，放在大飞嘴上，自己又点上一支烟。

女人在他怀里，在他的思维里。

我问过大飞，她是真的爱你吗？

大飞说，当然。

我又问，你觉得你们会有结果吗？

大飞说，跟着感觉走吧。

过了一段时间，我给他打电话，问他最近怎样。

大飞说，一切都好，性生活也和谐。他现在是酒吧的键盘手，专门为客人即兴伴奏。我笑着说，你这厮进步挺快啊！

大飞说，感觉来了，没办法。

6

接到大飞女人电话的时候我睡得很沉，电话响了很多遍才醒过来。

女孩说，大飞死了，你过来看看吧。

我不断迫使自己清醒又清醒。

女孩的声音很平静，是伤痛欲绝的平静。

我看了看时间，凌晨三点二十四分。

我赶到医院，看到了大飞。

那是一张痛苦绝望的脸，是一张扭曲变形的脸，是一张遥远陌生的脸。

大飞死了。

一桌喝醉酒的客人要大飞的女人陪酒，大飞的女人就过去陪了酒。有个客人开始动手动脚，大飞就出面了。后来双方动起手来，大飞被一个人用一把很小的水果刀刺了一下，最后大家被拉开，大飞的伤口看上去也不严重。他对他的女人说，没事儿，一点皮外伤而已。大飞一个人去一个小诊所缝了针，打电话给他的女人说回去休息一下就好了。

女孩给大飞打电话，大飞没接，赶回家发现大飞躺在床上，没有了呼吸。

医生说，这一刀看似不严重，但是刺得很深，而且伤及重要部位，导致内脏出血，最糟糕的是不仅耽误了治疗时间，还错误地缝了针。

原来，大飞从来就没当过键盘手，第一次试场就被刷下来，他的女人请求老板，老板才让他在酒吧做服务员。

7

我的兄弟大飞，他曾穿着黑色的风衣，留着艺术家的发型，走在校园的阳光里，意气风发。

我时常想起大飞替我挨拳头的那个场景，他的声音因为惧怕而颤抖，却又因为义气而不顾一切。

我想，他为他女人出手的那个晚上是否也是一样的场景？

他活在自己的江湖中，带着和这个时代格格不入的气质，越走越远。

生命是一次孤独的旅程，每个人都是他人生命中的过客，那些相遇和分别，毫无预谋，却长达一生。

没有谁会被永远铭记，也没有谁会被瞬间遗忘。

如果有来生，愿能再见你。

礼 物

/

　　小武只有过年的时候才回家。

　　大学毕业后，他死心塌地要留在这个城市，尽管母亲曾希望他回来。

　　他时常接到母亲的电话，问他还有没有生活费，说她梦见了他，说爸爸钓了鱼，野生的，放冰箱里，等你回来吃。

　　有一次过年，一家人聚在一起，大家都在玩手机。

　　大伙儿用的都是iPhone、三星。大伙儿刷微博，聊微信，讨论手机的各种功能和网上好玩的事情，不亦乐乎。

　　母亲从厨房过来，她很想参与进来，可是大家讨论的问题她却感到陌生。纵使有年龄与她相仿的叔叔婶婶坐在一起，她还是显得格格不入。于是，她也掏出了自己的手机。

　　这是一部国产手机，好几年前买的，功能极少。她也学着大家玩手机，可是她的手机不能上网，她更不知微信、微博是什么。她玩了一会儿，一个人又悄悄去了厨房。

这一幕让小武感到心疼。

母亲老了，她变得絮絮叨叨，她重复着自己做的梦，说着七大姑八大姨的事。她拨通电话响了两声又挂了，小武打过去，她说是我不小心按到了。她省了又省，却总舍不得为自己买点什么。

过完年后，小武回去了，母亲说，又得过年才回来了。

母亲用手拭着泪，小武转过头，泪流满面。

回去后，小武给母亲买了一部大屏智能手机，下载了常用的软件，生怕母亲看不懂说明书，又手绘了一份操作说明。

他决定用快递寄回去，内附一句话：

妈妈，给你的手机，记得学着去用。

他想了想，又加上一句：

妈妈，我下个月辞职回家，哪儿也不去了。

2

梁晨嫁给了陈贵。

其实，梁晨大学时有很多追求者，相比那些相貌英俊、会弹琴、会踢球的男生，梁晨更喜欢陈贵带给人的安宁。

或许是他干净儒雅的脸，温暖的笑，修长的手，漂亮的字。

又或许是那句矫情的话：那天阳光很好，你穿了一件我喜欢的白衬衫。

恋爱，毕业，结婚，一切不温不火，简单平静。

陈贵在一个乡镇做公务员，为领导撰写材料；梁晨在一家私企上班，做会计。

陈贵常把自己关在书房，不停地写。

闺密时常向梁晨说起老公为自己买了包，带自己去哪儿旅游。

而陈贵好像从来没有给她准备过一份像样的礼物，尽管陈贵每个月的工资全部上交，尽管陈贵基本上不让梁晨做家务。

梁晨没有羡慕别人的生活，只是有时候会觉得这样的日子有些平凡和单调。

三十岁的生日时，梁晨接到陈贵电话。

陈贵说，丫头，我要晚一点回家。

梁晨说，好。她挂了电话，心里酸酸的，有多少个生日丈夫没有好好陪自己了？

他总是忙，总是沉浸在自己的世界里。

她好像再也不是年少时，陈贵心里的宝贝丫头了。

她坐在沙发上，叹了一口气，准备起身进厨房。

门开了，陈贵回来了。

走，丫头，咱们出去吃饭。

……

西餐厅里，烛光摇曳，陈贵开了一瓶红酒，牛排是七分熟，爵士乐在耳边萦绕。

陈贵将一本书递给梁晨，是一本带着油墨味儿的新书，封皮是梁晨的一张照片。

陈贵说，写了那么久，出了一本书，送给你的礼物。

封皮的下方印着一行字：

此书献给我至爱的丫头。

3

苏北和向岚搬到了一个小镇。

三间木房子，面朝一片绿油油的原野，风吹过来，是夏天的味道。

苏北总是在画室里不停地画画。

妻子向岚喜欢这个小镇，她喜欢那些朴素的面孔、陈旧而干净的房子，以及新鲜的粮食和蔬菜。

这个城里来的姑娘，善良温纯，没有丝毫娇气。确切地说，和苏北在一起，哪里都很好。

向岚从集市回来，突然下起了雨，她慌忙收起院子里的衣服来。

苏北，快来帮帮我。她喊苏北。

可是喊了好几声，没人答应，她敲画室的门，还是没人应，她惊恐万分。

苏北，苏北……她边用力敲边声嘶力竭地喊。

她绕到后院，敲碎玻璃，看到了昏倒在地的苏北。

她请老乡帮忙，将苏北送到了乡镇卫生院。

在乡镇卫生院里，苏北醒了。

向岚泣不成声，尽管她知道，苏北陪她的时间不多，但真正的分离，总让人措手不及。

苏北半年前查出了癌症，晚期。

他告诉向岚，不想再治疗，希望向岚能陪他去一个安静的地方，度过自己的余生。

在向岚眼中，苏北是个优秀的画家，但市场并没有埋他的单，他靠做室内设计养家糊口。但这也没有想象的好，他的作品太艺术化，客人常常不满意。

输了液，苏北要求回去，向岚哭着点头答应。

苏北更不愿意出门了，他整天把自己埋在画室里，像是要画出一幅惊世之作。

夏天，虫子低吟，蛙声一片，萤火虫在田野里飞舞，植物迅猛地抽枝拔节，多么美妙。只是，生命太残酷。

苏北死了。

向岚在整理画室的时候，发现了一个牛皮纸包着的画框，上面写着几句话：

亲爱的，一直以来，

我总想画出最美的画给你，

我想了又想，那一定是你自己！

……

向岚哭得稀里哗啦。

她轻轻撕开了牛皮纸，她看到那是一面洁净如新的镜子。

我从遥远
的 地方 来看你

/

老孙几乎整夜未眠，他明天要去省城看望儿子。

和儿子五年没见了，是村委会通知他去见儿子的。

五年了，老孙想起儿子，记忆老停留在儿子小时候，那时候他常带着儿子上山玩耍，他戴着一顶牛仔帽，背着一支猎枪。

那是一片广阔繁茂的马尾松林，他拉着儿子的手，一瘸一拐地走着。

老孙参加过中越战争，伤残退伍后，民政部门给他在镇上安排了工作，每年发一定的抚恤金。

可老孙干了一年就不干了，他说自己有手有脚，能自谋出路，不想吃国家的。老孙回到村子里，自己搞种植，三十多岁才娶了媳妇，一年后有了儿子孙虎。但儿子三岁的时候，媳妇在回娘家的途中车祸丧命，留下老孙与儿子孙虎相依为命。

儿子虎头虎脑地牵着爸爸的手，他们走累了，便坐在落满松叶的地上休息。老孙给他说打仗的故事，说他去过的远方，说野兔爱在什么地方出没，说风从哪个方向吹来，说哪种菌子可以吃，说每种植物的名字……

儿子虎头虎脑，听得入迷。

儿子问妈妈去哪儿了，老孙说，妈妈去了很远的地方，等你长大了她就会回来。

2

外面的雪停了，天还未亮。老孙起床了，他在昏黄的灯光下烧水洗头，刮胡子，尽量把自己收拾得体面一些。他把钱揣在衣服的内包里，带上身份证，又拿上了那顶破旧的牛仔帽。

他对大黄狗说，我去看看他，晚一点回来，你好好看家。

大黄竖着耳朵，似懂非懂地看着他，跟着他走到院子边。他又朝大黄挥挥手，说，你回去，我去看看他，晚一点回来。大黄汪汪叫两声，像是听懂了他的话似的停下了脚步。

走路到镇上需要半个小时，雪大路滑，老孙腿脚不便，走了将近一个小时。

这一路，老孙深一脚浅一脚，走得很吃力，他老了。

曾经在部队，整个连没一个人跑得过他。他在战争中负了伤，但他不心疼自己的腿，那些在战争中牺牲的战友，才是他心里永远的痛。

他走得慢，儿子一开始由他拉着手一起走，后来，儿子长大了，蹦蹦跳跳，嫌他走得慢了，便走一会儿又停下来等他一会儿。

他老是做着一个梦，儿子在前面走，他在后面追，可是任凭自己费尽全身力气，就是追不上，然后他便从悲伤和绝望中醒来。

是的，儿子长大了，他跟不上儿子的脚步了，他被时间甩在了身后。

到镇上后，天依然没亮，第一班到县城的车还没启动，他坐在一个卖豆浆油条的小摊前，摘掉了他的牛仔帽，要了两根油条、一碗豆浆。

摊主是一对年轻的夫妇，手脚麻利地切好，端上来。他吃得干干净净，坐在烧煤的小炉子旁，等第一班车的到来。

天泛白的时候，车到了。老孙买了票上车。

到县城花了一个小时，老孙下了车，走路到了车站，买了到省城的车票。

天已经完全亮了，路上是匆匆忙忙上班的人。

人老了总爱怀念过去，老孙对县城的记忆依然停留在以前，记得那是70年代末的一个早上，他入伍的时候正是二十出头，每个新兵胸前都戴着大红花，锣鼓喧天，人山人海。东风车载着他们从县政府出发，送别的人们哭泣拥抱，依依不舍。

时间过得真是快啊，一转眼就是三十多年。

开往省城的汽车出发了，在蜿蜒的国道上行驶了一个小时才上高速。

老孙晕车，一路上难受至极，售票员看他沉着脸，问他是不是要吐，他点头。售票员赶紧拿了一个塑料袋给他，让他别吐在车上，他接过，点头，继而哇哇地吐在了袋子里。旁边坐着的年轻姑娘赶紧从包里拿出餐巾纸递给他，老孙连声称谢。

吐过后，整个人轻松了很多。

三个小时后，汽车到了省城。这个时候已快中午十二点了。

3

下了车，老孙四处打听地址。

有人说，没有直达的公交，你还是打个车去吧。老孙说，我走路去。

人说，太远了，起码得两个小时。

老孙想，这也是，时间要紧，于是招了一辆出租车朝目的地赶。

打车花了八十块，老孙战战兢兢地站在了监狱的大门前。

出示身份证件，到狱政管理科办理了手续，民警让他等等，下午两点后再会见。

老孙在外面等。

一个民警说，老人家，你进来烤火吧。

年轻的民警往炉子里添了煤，给他泡了一杯茶。屋子里暖暖的，老孙心里也暖暖的。

一个老民警进门，问他是来看谁的，他说，来看我的儿子孙虎。

老民警说，哦。

老民警和他拉起了家常，得知原来俩人是战友，只是不在一个连，但都一起参加过好几次战斗。

战友见面格外亲热，老民警和他的眼里都噙着泪花。他问老孙，你知道你儿子的情况吗？

老孙说，儿子离开家好几年了，村主任告诉他，他犯了法，在这里服刑。

老民警叹了口气，告诉他，他儿子贩毒，在云南被抓获，判了十一年。

老孙说，他犯了法，就应当受到法律的惩罚。

老孙显得很冷静，这是经历过太多生死离别的军人的冷静。

老民警说，老战友啊，还有一件事，我给你说。

老孙说，你说。

老民警说，他患了艾滋病，身体状况不太好，一直愧于和家人联系……医生诊断，时间不多了，他说他唯一想的事情就是见见你，联系不上你，就通知到村里了。

老孙说，生死有命，富贵在天……谢谢你啊，老战友。

老孙依然显得冷静和坚强，但是他的心像是刀割一般地痛，这种痛如战友倒在自己身边、如妻子离开自己一样，痛得让人窒息。

老民警拍拍他的肩，为他续上热水。

下午两点，老孙进了监区，按响了门铃。

民警开门接过老孙手上的会见条，让他到隔壁房间等待，然后关上了铁门。

老孙曾无数次想过与儿子重逢的场面，可是他从未想过会是这样的方式。

那个虎头虎脑的儿子曾蹒跚学步，牙牙学语，曾牵着他的手，曾多么信赖和崇拜自己。

他长大了，他渴望远方，他再也不会在父亲的怀里逗留，他也应该忘记了那片广袤的松林，以及儿时英雄般的父亲。

十八岁高考失败后，儿子出了远门，只会在每年过年给他汇一笔钱，而后这几年下落不明，杳无音讯。

老孙思绪万千。

几分钟后，隔着厚厚的钢化玻璃窗，他看到了儿子。

他剪了很短的头发，艰难地走过来，面无血色，判若两人。

老孙坐下，摘下了他的牛仔帽，在民警的提示下，拨通了电话。

俩人拿起了话筒，却陷入了沉默。

"你还好不，爸？"儿子开口。

"好，你呢？"老孙问。

"我好的。"

"我给你账上存了两千块钱，你想吃什么就买点什么。"

"不用，我不需要钱。"

"这是我的心意。"

……

"你照顾好自己！"儿子说。

"我知道，你也是。"

"好，没事我挂了。你回去小心。"儿子的声音哽咽，他抑制着自己的情绪。

……

"好。"

两分钟时间，俩人便挂了电话。

转过头的儿子，眼泪哗哗地往下淌。

老孙看着儿子瘦弱的背影，眼泪也哗哗地往下淌。

5

老孙戴上帽子，转身离开。

他用粗糙的大手使劲地抹着眼泪，他要回去了，从哪里来就回哪里去。他不知道这一次见面后，再见是何时。

天空突然飘起了大雪，雪飘飘扬扬，像一个个精灵将他拥抱。

他的衣服、帽檐上沾满了雪花，他步履蹒跚地走在大雪中。

他从远方而来，他知道，人世的面，见一面少一面。

别急，生活总会
想方设法 补偿 你

/

十年前，我爸给我买了一把电吉他，好几千块钱。

我的理想是做一名吉他手。

嗯，是那种头发很长、身上有文身的吉他手，组一支永不解散的乐队，写最牛×的歌，开着吉普车周游世界去演出。

我要像个侠客，去闯荡江湖，去安身立命。

去年，汪峰来这个城市举办演唱会，吉他手是我一个朋友的大学同学。这个朋友和我一样，都没有成为吉他手，尽管十年前我们做着同样的梦。

如果起步早一点，如果有一个专业的老师，如果自己再刻苦一点，我的理想会不会实现？

2

五年前，我决定和朋友开一家咖啡馆。

找到一个不错的地方，500平方米，投资100万，我们踌躇满志地计划着未来。

我回家筹钱，但是完全不像我想象的那么顺利：一是家里没这个经济能力，二是父母极力反对我这冒险的做法。

我绕着县城漫无目的地走，感觉要失去这一生最好的一次机会。

我焦虑而痛苦，彻夜未眠。

我在第二天想明白了这个问题，放弃吧，我已经尽力了。

朋友找了新的合伙人，五年后，咖啡馆入不敷出，决定转让。

我曾经梦寐以求的，我都没有完成。

原因客观地存在，我即使绞尽脑汁，也无能为力。

但多年后，我不后悔。

我做过销售，做过策划，后来又有了一份稳定的工作。我还在弹琴，还出没在咖啡馆，还花时间阅读和写作。

我和朋友在一起弹琴，参加一些小型的演出，一样很快乐。我写了一年的字，新书也即将出版。

我把工作以外的时间花在了自己热爱的事情上，充实而知足。

我想，如果把兴趣爱好转化为职业，我肯定会十分被动，进而失去原本单纯的热爱。

3

我的朋友老饶。

2007年，因为当街的门面太贵，他的咖啡馆开在二十几层的高楼里。

他亲自设计装修，亲自做咖啡，亲自端茶倒水地服务，天天在店里守着生意。

在此之前，他辞去了一家公司高管的职位，打算一心一意做自己想做的事。

他在店里准备了暖宝宝、各种手机充电器，洗手间里为女性同胞准备了卫生巾，有时候亲自给没吃饭的顾客煮面条，用心和每一位顾客交流。

高楼咖啡馆的生意居然不错。

他说，有一次停电，有几位顾客爬上二十多楼气喘吁吁地来光顾生意，这让他感动，也给了他坚持的信心和勇气。

十年了，他的咖啡馆开了十几个连锁店，手下员工将近100人。

他说，当初也没想那么多就辞职做这件事，没有认真想过得失，是兄弟姐妹们成全了自己。

4

2010年，老潘和我见面的时候，穿得体面而讲究。

我以为他最起码是公司的部门主管，后来才知道是一个月底薪600块的业务员。

他温文尔雅，说话让人舒服。

我开玩笑说，你有必要把自己搞得那么人模狗样吗？

他笑着说，出去见人，第一印象很重要。

这几年，我们陆陆续续地见着面，喝着酒，我知道他的电话越来越多，工资也越来越高。

2015年，公司上市，他成了本省的总经理，年薪50万，买了房和车。

我记得几年前，他的底薪600块，他也是和现在一样的穿着、一样的态度。

学会计的老潘，毕业后没有和其他同学一样考信用社和银行，而事实证明，他选择的，更适合自己。

5

这不是鸡汤，这是发生在我生活中的真实的故事。

机会总是偶尔才光顾，我们都恨不得牢牢抓紧，生怕一旦错过，就永不再来。

你错过的，暗自神伤，后悔不及。

你开始的，举步维艰，万分不易。

放弃很难，重新开始也很难。

但请去理解生活的残酷，理解自己的无奈，放弃并不意味着失去，而重新开始则充满可能。

"得"与"失"总是那么辩证和巧妙，而生活有时候也是一件"有心栽花"和"无心插柳"的事。

别急，大步向前走！

因为生活亏欠你的，总是会想方设法地补偿你。

有生之年，
欣喜 相逢

/

说起来也是缘分。

接连几天我都看到它，它看上去有些脏，一条腿有点瘸。

"走开！"我对它说，声音不大，但是很坚定。

我正吃着饭，它畏畏缩缩地靠近我，尽管它没有眼巴巴地望着我的食物，只是靠着墙壁蜷缩着身体。

我不喜欢狗，尤其是一条不好看的狗。它应该是一只杂种狗，被主人抛弃后，流落街头，被车碾轧，或是被人恶意打伤了腿。

冬天，天黑得早，下班的人匆匆忙忙，街上堵得水泄不通。

我喜欢我这个摊位，在地下通道里，连接着一个购物商场的侧门。

商场里的空调能带来一些温暖的空气，这比在马路上直接面对寒风要好很多。我找到这个摊位是幸运的，当然也是要付出代价的。

我每个月要交300块摊位费，只能在城管下班后摆摊。

与我一起的，还有卖水果的老王，一个四十岁左右、总穿着一件土灰色棉袄的男子，他的手推车上堆满了橘子，时不时地吆喝一声："十块钱两斤！"时而因为冷而跺跺脚，往手上哈着热气。

还有卖烤红薯的老张，在一个锈色的大铁桶上，他的红薯红彤彤娇嫩嫩地冒着热气。或许是贴近铁桶的温度，他总爱笑，露出一排大门牙，塌鼻梁，小眼睛，年纪不大，你说什么，他都是嘿嘿一笑。

我们都是正规军，都是向城管交了摊位费的。

下午六点左右，我便从家出发，带一张可折叠的小方桌、一盏小台灯、两块备用电池，以及各式各样的手机膜和数据线、耳机等。我把自己全副武装，棉帽、围巾和手套，因为我要在一个没有火的地方坐上好几个小时。

今天生意很一般，傍晚七点的时候我点了一个鱼香肉丝盖饭，半个小时后，外卖小哥递给我时仅剩余温，我得赶紧吃。

卖水果的老王和老张从没有点过餐，刚开始我问他们是否要一起订餐，老王摇着头说，不用，媳妇在家做好的，回去就吃。

老张嘿嘿地笑着，从一个袋子里拿出几块饼，往铁桶上一放，说，这不就有了。

我从没有看见老张吃自己卖的红薯，他说，小时候在农村几乎天天吃，都快吃吐了。

　　我也很少看到老王吃自己卖的水果，只是在快要收摊的时候，如果他车上的水果还剩得多，他会把十块钱两斤改为十块钱三斤，并且提高吆喝的频率，他的吆喝极其单调："十块钱三斤，十块钱三斤！"没有生意的时候，我们就聊聊天，大家各做各的生意，说几句话，抽几支烟，打发寒冷和无聊。

　　他们偶尔会把自己卖的东西送我一些，我不好意思接受，也不好意思拒绝。他们把东西放在我的小桌上，态度坚定而自然，像是把我当成一个老朋友。

　　我说，你们把手机给我，我给你们换一张膜。两人都说用的是老手机，没必要。

2

　　这条狗是个陌生的来客，它也会在华灯初上的傍晚出现，从台阶上一瘸一拐地下来，在我们的空间里徘徊，时而闭着眼打盹，时而看路人过往，时而注视我们，像在听我们聊天。

　　当我叫他走开的时候，它抬头看了我一眼，卑微地往旁边挪了几步，又趴在地上。

　　"一条流浪狗。"老王说。

　　"嗯。"我埋头吃饭，应了一声。

　　让我们快乐的，是偶尔来的流浪歌手和一个业余兼职的女大学生。

　　流浪歌手边弹琴边唱歌，吉他声和歌声从音响里传出，时而忧郁，时而欢快。

路过的人们偶尔停下脚步，朝他面前摊开的琴盒里放点零钱。"谢谢！"他会从歌声里蹦出这两个字，又迅速回到曲调里。

我喜欢音乐，高中的时候就特别想弹吉他，但是我没钱买。

音乐对于我来说是免费的。流浪歌手的出现让我宽慰和喜悦。

一个梳着马尾辫的姑娘把一张布铺在地上，她把各式的棉袜整齐地放上去，安安静静坐在小凳子上，她从不吆喝，别人问的时候才说话。

围巾和帽子把她的脸遮挡得只剩下眼睛和鼻子，她的眼睛看上去是带着笑容的，是那种善良和纯真的笑，让我忍不住朝着她的摊位望。

我希望她的生意好，这样一个自食其力的姑娘应该和我一样来自农村。

有一次，我向她买了二十块钱的袜子，她看到是对面的我，不好意思地笑了笑，多送了我两双。

我确实需要买一些袜子。

但他们都是"游击队"，很快就被城管赶走了。说实话，我很怀念他们。

他们都做着我想做的事，弹吉他，上大学，从听觉、视觉上带给我冲击，但他们突然就走了，我甚至有些遗憾，我应该问问那个姑娘的电话。

我不知道我还能不能再见到她。

他们都是过客，日子又恢复到之前，但我的身边确实多了一个东西——狗。

它总是要死不活地趴在我的摊位旁，可是你这个家伙能带给我什么？

老王和老张会比我提前收摊，因为他们住得很远，而我只需要走二十分钟，穿过两条街，进一条很深的巷子，就可以到达我贫民窟似的住处。

我走的时候，它还待在原地，悻悻地看着我收摊，然后耷拉着耳朵，把头埋下。

每天如此。

"我走了，你不走吗？"有一天，我突然发神经似的问了它一句。

这个可怜的家伙，它抬头看了我一眼，迟疑了一下，眼神放出光芒，嘴里呜咽一声，起身。

"去去去，别跟着我！"我赶紧说。

"嘿！把你的狗带走！"空空的地下通道里响起一个陌生男人的声音，是商场值夜班的保安。

"这不是我的狗。"

我说完，转身走了。

……

"走开，听到没有？滚！"身后响起保安的吼声。

我走在楼梯上，听到它的惨叫，应该是被保安踢了一脚。

我的心突然颤了一下，停下了脚步，迟疑片刻，又下定决心往前走。

上完楼梯，灯火依旧阑珊，可是街上行人寥寥。

我总是在这个时候才回去，竭尽全力不想放过最后的生意。

尽管很晚，可我有个落脚处，可以遮风避雨，有一张床可以躺，有一口饭可以吃。

我突然回头，看到楼梯下的它正抬着头眼巴巴地望着我。

"要不，你跟我一起吧？"我对它说。它扑腾扑腾地跑到我跟前，动作滑稽而可笑。

我走在前面，它一瘸一拐地跟在后面。

我决定，收养它。

3

我找了个废纸箱，在里面放一件旧棉袄，放在墙角边。

它很自然地跨进去，乖乖地卧着。

"记住，我现在是你的主人，但这并不代表我真的愿意养你，我只不过是可怜你，因为你是个无家可归的可怜虫，是你死皮赖脸地跟着我……还有，我明天给你洗个澡，你太邋遢了，带你出去我丢人。还有，你拉屎撒尿什么的，自己在厕所解决，我要是发现你不守规矩，我肯定要打断你的腿，然后分分钟让你滚！"我对它说。

"哦，对了，你的腿是怎么搞的？"我又说。

它像个人一样，可怜巴巴地趴在衣物上，眼睛里全是委屈。

第二天，我给它洗了澡，带它去宠物医院。医生说它的腿骨折了，要上夹板，还要给它除螨，打狂犬疫苗。

杂七杂八花了500块。

好家伙！你算是赖着我了。

我在家睡觉，它也跟着睡觉；我出去摆摊，它便寸步不离地跟着我。

"你说，我上辈子是不是欠你的，这辈子要来偿还你？"我说。

而它总是憨厚地望着我。每个夜晚，它就趴在我旁边，一直到我收摊跟我一起回去。

我会嘱咐餐馆老板加几块钱的饭，留一些给它。

有你也好，都说你忠实可靠，我每天多花几块钱就可以把你养活，你陪我一起走在街上，一起面对过往的人群。

生意好的时候，你能感觉到我快乐的情绪；生意差的时候，你聪明地变得小心翼翼。

你真是个聪明的家伙。

多年前，我在农村养过一条狗，名字叫"小虎"，虎虎生威，憨态可掬，我曾带着它去山里砍柴，去田野里嬉戏。

有一次，当我放学回家呼唤它的时候，才知道我爸把它卖给了狗贩子。我哭得稀里哗啦，我恨我爸，也恨它不辞而别。

从某种意义上说，人是可恶的，贪婪而唯利是图，正如我爸未经我同意就卖了我的狗。而狗是可悲的，它们始终逃不过被人操控的命运，不管你多么可爱和忠诚，都只能任人宰割。这是狗的可悲，也是一个没有任何发言权的少年的可悲。

我发誓从此不吃狗肉，也不会再养狗。

我高中毕业，没有考上大学，去了南方打工。两年后，我回到了省城，做起了这门生意。

可是我偏偏遇见了它，我叫它"小虎"。

"小虎，你说那个卖袜子的姑娘还会不会出现？"

"小虎，你说你整天沉默寡言都在思考什么？"

……

"看来，它和你还是有缘分。"老王笑呵呵地说。

"来！"老张挑了一个卖相差的小红薯放在它面前。

它抬头看我，"吃吧！"我说。

它像听懂话似的，小口吃起来。

我们的生活中多了一条狗，它和"游击队"似的商贩不一样，他们会被城管追赶，匆匆来匆匆去。

而小虎理所当然地成了我的私有物品，这一点，老王和老张，以及商场保安、过路的行人都给予肯定。

这是一种占有感，因为死心塌地属于自己的并不多，而它属于我，尽管它是一条其貌不扬的狗。

有过路的行人会蹲下身看看它，摸摸它，顺便光顾一下我的生意。除了陪伴，这是它给我带来的第二个好处。

漫长的冬天快要结束，卖红薯的老张突然要回老家了，据说家里拆迁，政府赔了一笔钱，他打算回家准备搞个农家乐，发家致富娶媳妇。

卖水果的老王把生意交给了媳妇，一个精明能干的瘦女人，而自己去了工地。

通道里又多了两户商家，炸土豆的陈姐和卖水果的老李。陈姐热情开朗，大大咧咧；老李烟不离口，沉默内敛。

然而，令人欣慰的是流浪歌手偶尔还会出现，他又唱了好几首新歌，我和我的狗都听得过瘾。

卖袜子的姑娘也出现了，只不过她不卖袜子了，她的地摊上摆着一些简单的耳钉和首饰。见到她，这是最让我开心的事。

我的狗在我与她之间起了一个很好的调剂作用，比如她闲的时候会过来逗逗它，我便有更多的机会和她说话。

知道她叫林欣，师范大学历史系大二的学生，比我小两岁。

残酷的事突如其来，城管麻利地收了林欣的货，这个小姑娘和我的狗都吓得不知所措。

我的哑巴狗突然朝着城管汪汪叫起来。这是我第二次听到它的叫声，第一次是被商场保安踹了一脚。

我赶紧过去向城管求情。

"她是我妹妹，一起的一起的。"我赔着笑脸。

"你交一个摊位费，摆两个摊是不是？"

"汪汪汪。"

"给个机会，下不为例，下不为例！"

"汪汪汪。"

……

好说歹说，城管放了她一马。

"你能不能闭嘴？"我对狗说。

林欣惊魂未定地向我致谢。

……

后来，我让林欣和我摆在一起，我每个月多交100块钱。

4

有一个安静乖巧的姑娘，还有一只不离不弃的狗。

我们的交流变得多起来，轻松愉快。

在这个偌大的城市里，有一个让我感到幸福的角落，它虽隐藏在夜晚的地下通道里，但它却如春天般光明，如草原般广阔。

我的狗第三次叫是遇见一个中年女人。

她从楼梯上走下来，经过我的摊位时，我的狗突然愣了一下，然后情绪激动地汪汪汪地叫起来。

那女人也愣了一下，突然大喊："欢欢，欢欢！"

狗的尾巴像拨浪鼓一样摇个不停。

"你到哪里去了啊？妈妈找你找得好辛苦，你知道吗？"那女人一把抱起它，十分亲昵的样子。

……

女人告诉我，有一天她带着狗来这里，商场不让狗进去，她就让它在外面等一会儿，可是等她出来，狗却不见了，后来一直没找着。

她搬了家，以为狗找不到了，谁知道今天遇到了。

女人咋咋呼呼，十分激动。

一瞬间，我什么都明白了。

原来它一直在这里徘徊，不是真正地想靠近我，只不过是在等它的主人。

我曾自以为是地想，它从始至终都属于我，这真是尴尬而可笑。

"你带走吧。"我说。

我摆摆手，示意她把狗带走。女人抱着小虎走了。

……

望着他们远去的背影，我心里空荡荡的，失落而沮丧。

突然，小虎猛地挣脱下来，扑腾腾地跑到我旁边，很自然地趴在原来的地方。

"欢欢，你快回来！"女人有些惊诧。

可无论她怎样呼唤，小虎都置之不理。

"嘿，你这狗东西，给我回来！"女人走过来抱起它。

可是刚走几步，它又挣脱下来，又回到我身边。

它看我的眼神忧伤而坚定，让我想起我决定收养它的那个夜晚，它在楼梯下看我的样子。

……

后来，无论女人怎样呼唤，它依然不予理睬。

"你这吃里爬外的狗东西！"女人骂道。

最后，她还是无奈地走了。

小虎在我的旁边躺着，像什么事也没发生。

"你这吃里爬外的狗东西，有本事就别回来。"我边为客人贴膜边小声骂道。

……

5

在大学的校园里散步，我，还有我的狗。

我真希望能看到林欣，她已经好几天没出来摆摊了。

有一天，我看到她和一个高高瘦瘦戴眼镜的男生走在一起。

我转过头准备走开，可是我的狗却冲她跑去，像遇到一个老朋友。

"徐城！"林欣冲我喊道。我硬着头皮，笑容僵硬地走过去。

"这是我的朋友徐城，这是我同学韩畅！"林欣介绍着。

"你好！"我说。

"这位朋友好像在哪儿见过，呃……"眼镜男若有所思地推了推眼镜。

"哦，我在××商场那里做手机贴膜。"我忙解释道。

"哦！难怪面熟。"眼镜男点点头。

"我，我有点事先走了，你们慢慢聊。"我呼唤我的狗，让它和我一起。

可是小虎却死皮赖脸不肯走。

我抱起它，灰溜溜地走了。

……

我有些难过，脸上挂着酸涩的笑。

说起来真是可笑，我做着手机贴膜，还带着一条丑陋的狗。

这是大学校园啊，我和我的狗都格格不入。

我不敢胡思乱想，却又忍不住胡思乱想，林欣是不是恋爱了？我是不是太自作多情了？

"小虎，我今天不想做生意了，我很难过，我想喝点酒。"

"小虎，我是不是一个臭屌丝啊？我是不是癞蛤蟆想吃天鹅肉？"

那天晚上，我把自己灌醉，呼呼大睡。

第二天，我接到林欣的电话。

我忐忑不安，又把自己最体面的衣服穿上。

林欣告诉我，她最近忙于学校的工作，都好几天没摆摊了。学校马上要开函授班，问我愿不愿意参加成人高考。

"成人高考？可是我、我……"

"国家承认学历。再说，你不是说过自己也想上大学吗！"

"不知道行不行？"

"相信你！"林欣的笑和阳光一样明媚。

空气里是春天的味道，人们在久违的阳光下流连忘返，不

肯离去。

歌里唱着：漂亮的女生，白发的先生，几个流浪歌手，几个爱情诗人……

我仿佛可以坐在大学的教室里，从容地成为这里的一分子。

……

"昨天那个是你男朋友吗？"我小心翼翼地问。

"我还没有男朋友。"林欣有些不好意思。

……

有生之年，欣喜相逢。

我们有幸活在世间，每一次相逢，都要等造物主巧妙安排；每一次相逢，我们都要穿过茫茫人海。

我的狗发现一只与它体型相仿的同伴，它朝着不远处的草坪跑去。

欢呼雀跃，满心欢喜。

再见，
耶稣！

/

老顾是在一个寒冷的早上发现耶稣的。

2011年冬天，老顾的咖啡馆即将开业。两个月以来，他一直在这90平方米的居民楼里折腾，安装水电，刷油漆，安放桌椅，张贴挂画，设计点单，购置原料，研究产品……他是老板，却像个全职工人一般忙碌不停。

那天早上，老顾准备出门再买一些小物件，为开业做最后的准备。而那只后来被叫"耶稣"的猫就蹲在他的店门口。老顾说他之前不喜欢猫，他在虎门巷开店的时候，有一只黑猫凶神恶煞般地瞪过他，他觉得邪恶。

他试着把这只黄猫赶走，却发现它惊恐不安，一瘸一拐。后来他发现它的腿受了重伤，露出了白色的骨头。

老顾把它抱进了店里，用旧衣服给它做了窝，打电话请来兽医。幸运的是不用截肢，手术、包扎、抗生药物，杂七杂八花了将近1000块。

耶稣惶恐不安，它在窝里不断发出哀鸣，没有人知道这只猫之前受过多大的痛苦与恐惧，或是被人恶意而为，或是自己顽皮，进了老鼠夹的陷阱。

老顾蹲在它身边，用粗糙的手不停地抚摸它，渐渐抚平它的不安。

老顾说，他在装修刷漆的时候，味道太重，忍无可忍去附近二十块一晚的旅馆睡了一个星期。他说这是十年以来第一次在床上睡觉，从没有睡得这样舒服过。

老顾说，自十年前离开家后就一直睡在店里的沙发上：一是自己早已习惯这样的生活，二是为了省钱。

这是一年中最冷的时候。老顾决定收养这只猫，猫的伤渐渐好转，开始接受老顾的抚摸，开始吃猫粮。

而咖啡馆也准备就绪，油漆和橘黄色的灯光让店里有了温度，吧台上的水壶冒着热气，电影和音乐让人感到热闹。

老顾冲了两杯很浓的咖啡，我们坐着抽烟。他说，这么多年他唯一带在身上的是几大包音乐和电影的碟片，而这只猫从天而降，肯定是上帝给他的礼物。

我说，你给它取个名字吧。他说，就叫耶稣吧。

2

开业，客人陆续而来，生意不错，我和老顾负责打理店里的生意。我们穿着衬衫在店里忙碌得全身湿透。

耶稣的伤恢复得很好，除了走路有点瘸以外，其他一切正常。它不像两个星期前那样胆怯，只蹲在楼梯间的窝里，偶尔探出脑袋打量顾客和我们。

又过了一段时间，它爬上沙发，接受客人的宠爱。

我和老顾仔细研究过它，它的毛色光滑，体态饱满，脑袋浑圆，很招人喜欢。我们都没养过猫，不知道它的年纪，虽然体形不算小，但我觉得它对人缺乏防备，没有猫的野性，断定它不大。老顾说，我也赞成。我问，何以见得？老顾说，你看它幼小的生殖器都还没发育。

整个冬天，猫始终没有走出咖啡馆，它顶多是在窗台或是门口向外张望。下雪、下雨、起风、落叶或是有其他同伴经过，都是它眼里的风景。

凌晨打烊，我下班，猫成了他唯一的陪伴。

老顾说，耶稣你到底从何而来？耶稣你千万不要抓伤我的客人，并且要让他们都喜欢你；耶稣，我养你那么久，你是不是该拿点什么东西报答我？

老顾说，在梦里，耶稣和隔壁家的萨摩耶鬼混，偷偷告诉他隔壁家Wi-Fi的密码。

3

春天。

耶稣蹲在窗台上看外面五彩斑斓的世界。

终于，它走出了咖啡馆。

门口的小院里有几株高大的竹子、葱郁的草丛和一米高左右的植物。它在地上打滚，扑腾腾地跑进跑出。

它在店里整整待了一个冬天，尽管那次的伤让它对外面的世界心有余悸，但它还是勇敢地接受了春天。

它在草丛里捉到一只小壁虎，欢喜地带到店里把玩。它用爪子挠它，用嘴轻轻咬它，玩得不亦乐乎。老顾将壁虎放生，"狠狠"揍了它。它耷拉着耳朵，一副很委屈的样子，不一会儿，又将壁虎从草丛里翻出，欢呼雀跃地带到老顾面前……

夏天。

天气变得炎热，咖啡馆有些压抑，猫也不喜欢封闭的空间，尽管咖啡馆在冬天带给我们很多温暖。

它和一只叫"托尼"的流浪猫恋爱了。

它和托尼在院子里嬉戏玩耍，后来它壮着胆子把托尼带进店里吃猫粮。托尼偷偷摸摸进来时被老顾发现，他按住托尼，托尼发出惊恐的叫声。而耶稣在一旁更加惶恐，它想为托尼求情，又显得不知所措。它以为主人对托尼会像对自己一样仁慈，而事实上，老顾确实如此。

我问，是不是越来越喜欢猫才接受托尼?

老顾说，不是，是因为我和它们一样，都在流浪。

整个夏天是快乐的。打烊后我们在店里喝啤酒，给耶稣和托尼带来小包的鱼干。它们在木地板上听我们聊天，相互嬉戏。然而，托尼从不在店里过夜，老顾关门，它就跳进黑夜，不知踪影。

秋天。

托尼消失了，它再也没有出现在咖啡馆。一切都那么突然，就像它的到来一样。耶稣大病一场，老顾说可能是吃了不干净的东西，它变得消瘦，没有精神。

我和老顾准备在明年春天开一个大店，开始做创业的构想与规划。

我们踌躇满志，猫心灰意冷。

冬天。

又是一年。也是在一个寒冷的早晨，老顾从沙发上醒来，呼唤耶稣，却没有得到回应。

耶稣失踪了。我也放弃了以前和老顾的计划，决定离开，另谋出路。

老顾说，看来我注定还是一个人。

我说，猫还在的，去找找吧。

几个月后，我来到老顾的新店，再次看到了耶稣。我说，猫，你还记得我不？它躺在沙发上冲我喵喵地叫。

老顾说，他到处找，在很远的一个小区发现了耶稣，它在垃圾桶里翻垃圾。他一眼认出来，将它抱了回来。

他"狠狠"地骂它，"狠狠"地揍它。

他责备耶稣丢下了自己，责备它让自己四处寻找，夜夜牵挂。耶稣懒洋洋地躺在沙发上，它长大了，长胖了，变得更加没有猫性。老顾说，他要对它更好，他去菜场买鱼，还买了五种口味的猫粮。

4

2014年，诸多品牌咖啡馆进入贵阳。

竞争变得激烈，老顾觉得自己没有想象的那样成功，甚至觉得不如从前。

他不停地总结经验，不停地研究产品，有时候会因冒出一个想法而兴奋不已，有时候却被自己说服，满心沮丧。

他矛盾纠结，喋喋不休。

而耶稣这次彻底地消失了，老顾也没有之前的运气能将它找回。

有一次，他从店门口抱回一只猫，说，我终于找到了。那只猫的体形和耶稣相似，但尾巴明显比耶稣大。我很确定地说，不是耶稣。猫显得惊恐，窜到了另外的房间。老顾呼唤它，它不搭理。我说，你弄错了。老顾说，绝对没有，它的声音和耶稣一模一样。老顾的语气变得固执强硬，我抱过猫仔细地给他分析不是耶稣的种种理由。老顾这才相信，不再言语。我丢下猫，猫仓皇而逃。

5

2014年，我准备结婚，老顾来我的住处，我们坐着喝茶，那是一个阳光明媚的早晨，风从窗外吹进来，十分惬意。

老顾说，他好久没起那么早了，咖啡馆好压抑，这里感觉真好。

走的时候，他把红包偷偷放在厨房的烤箱里。

2015年春节，我给老顾打电话说新年快乐，老顾说他一个人在喝酒，很开心。

年后相聚，老顾做了一大杯咖啡给我，一只脏兮兮的流浪猫在店里偷吃猫粮。

店里很安静，我们抽着烟。我说，我很怀念以前的日子。

老顾深吸一口烟，说，朝前看吧。

我问过耶稣，他说，它再也没有出现过。

图书在版编目（ＣＩＰ）数据

我们正年轻，孤独且彷徨／丫头的徐先生著. — 青岛：青岛出版社，2016.8
ISBN 978-7-5552-4333-5

Ⅰ．①我…　Ⅱ．①丫…　Ⅲ．①散文集－中国－当代
Ⅳ．①I267

中国版本图书馆CIP数据核字（2016）第166915号

书　　名	我们正年轻，孤独且彷徨
著　　者	丫头的徐先生
出版发行	青岛出版社
社　　址	青岛市海尔路182号（266061）
本社网址	http://www.qdpub.com
邮购电话	010-85787680-8015　13335059110
	0532-85814750（传真）　0532-68068026
责任编辑	杨　琴
选题策划	杨　琴　颜小欣
封面设计	李红艳
版式设计	刘丽霞
印　　刷	三河市南阳印刷有限公司
出版日期	2016年8月第1版　2016年8月第1次印刷
开　　本	32开（880mm×1230mm）
印　　张	8.5
字　　数	150千
书　　号	ISBN 978-7-5552-4333-5
定　　价	36.00元

编校质量、盗版监督服务电话　4006532017　0532-68068670
青岛版图书售后如发现质量问题，请寄回青岛出版社出版印务部调换。
电话：010-85787680-8015　0532-68068629